윤무

섹스파트너 10 쌍의 대화

윤무
섹스파트너 10쌍의 대화

초판 1쇄 | 2017년 03월 10일

지은이 | 아르투어 슈니츨러
옮긴이 | 이관우
편 집 | 김재범
디자인 | 임나탈리야

펴낸이 | 강완구
펴낸곳 | 써네스트

출판등록 | 2005년 7월 13일 제313-2005-000149호
주 소 | 서울시 마포구 양화로 156, 925호
전 화 | 02-332-9384   **팩 스** | 0303-0006-9384
이메일 | sunestbooks@yahoo.co.kr
ISBN 979-11-86430-42-2 (03850)   값은 표지에 표시되어 있습니다.
2017©이관우
2017©써네스트

정성을 다해 만들었습니다만, 간혹 잘못된 책이 있습니다. 연락주시면 바꾸어 드리겠습니다.

이 도서의 국립중앙도서관 출판예정도서목록(CIP)은 서지정보유통지원시스템 홈페이지(http://seoji.nl.go.kr)와 국가자료공동목록시스템(http://www.nl.go.kr/kolisnet)에서 이용하실 수 있습니다.(CIP제어번호: CIP2017002492)

윤무

섹스파트너 10 쌍의 대화

아르투어 슈니츨러 지음
이관우 옮김

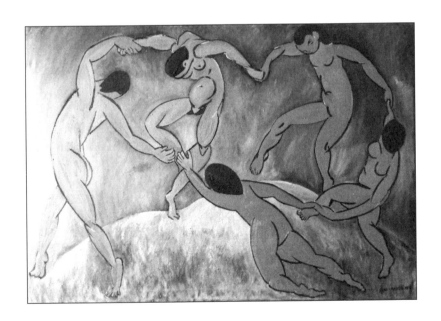

써네스트

작가와 작품 해설

　『윤무』의 작가 아르투어 슈니츨러는 1862년 5월 15일에 태어났는데, 이 무렵 세상은 산업화와 기계화를 바탕으로 이전에는 미처 생각지 못한 빠른 속도로 변하고 있었다. 산업화 및 기계화에 의한 변화로 시민계층의 중요성이 커져갔고, 유대인들이 시민계층에 합류했으며, 그들에게는 이제 많은 자유로운 직업들이 열려있었다. 슈니츨러의 가족 또한 유대인 소수민족에 속해있었으며, 성공한 의사인 아버지는 이 동화의 기회를 놓치지 않았다. 외부세계뿐만 아니라 낡은 가치들 또한 변화에 휘말렸다. 여기에는 성에 관한 입장도 예외일 수 없었다. 그러나 겉으로는 여전히 낡은 도덕적 기준이 적용되었고, 인간의 실제적 관계는 자주 변화에서 벗어났다. 이른바 자유주의적인 온갖 성향에도 불구하고 남성과 여성은 다른 척도로 평가되었다. 여자들에게서는 결혼 전까지 "순결하게" 남아있을 것이 요구된 반면 남자들에게서는 사랑의 모험을 할 권한이 주어졌다. 또한 당시 시민사회의 도덕은 사랑을 성과 분명하게 구별했다. 사랑이 순수하고 숭고

한 것으로 이해된 반면 성은 그 자체가 더러운 것으로 간주되었다.

슈니츨러는 의사로서 심리분석에 열중했으며, 프로이트와 약간의 차이는 있었지만 심리분석은 그에게 가장 큰 관심을 끈 의학의 한 영역이었다. 여기에서는 물론 성과의 관계도 배제되지 않았다. 슈니츨러의 사생활을 들여다보면 끊임없이 여자들을 바꿔가며 관계를 가져왔다. 그의 자서전 『빈에서의 청년기』를 읽어보면 그가 대부분의 청년기를 많은 여자들과 그때그때 일시적인 피상적 관계를 맺으며 지냈다는 인상을 지울 수 없다. 슈니츨러는 자기 자신의 태도와 공적인 도덕 사이의 모순을 분명하게 인식했으며, 쾌락과 성을 결혼이나 사랑과는 별개의 것으로 묘사하는 방식으로 모순적 도덕에 대해 정면으로 충돌했다.

『윤무』는 20세기 독일과 오스트리아의 무대공연사상 최대의 스캔들을 일으킨 작품으로 꼽힌다. 작품은 열 쌍의 섹스파트너들이 나누는 대화를 통해 적나라한 섹스 메카니즘을 묘사하면서 위세, 유혹, 동경, 절망, 사랑에의 갈망을 드러내고 있다. 슈니츨러는 1896년 11월 이 작품을 쓰기 시작하여 석 달 후인 1897년 2월에 완성했는데, 작품을 집필하는 동안은 물론 그 이후에도 이 작품이 엄청난 사회적 논란을 불러일으킬 것을 예상했다. 그는 성과 사회의 부도덕성이라는 무척 까다로운 주제로 인해 쉽게 비난을 받게 되리라는 생각에 이 작품의 출판을 망설였다. 그리하여 그는 1900년 봄 개인 비용을 들여 200부를 비매품으로 발간하여 가까운 친지들에게만 배포했다. 3년 후 문제작 『윤무』는 오스트리아 빈의 출판사에서 발간되어 커다란 주목을 끌었다. 예상대로 몇몇 곳에서 압류조치가 이루어지고 독일에서는 법적인 소송이 뒤따랐다. 그럼에도 불구하고 이 책은 다음 몇 년 동안 높은 발간부수를 기록하여 독일 문학의 역사 속에 전설로 들어서게 되었다.

　작가 슈니츨러가 이 작품의 무대공연에 동의하지 않았으므로『윤무』의 공식적인 초연은 1920년 12월 23일에야 베를린의 소극장에서 이루어졌다. 공연에 대한 관계당국의 반응이 어떨지에 대한 슈니츨러의 우려는 현실로 나타났다. 공연이 끝나갈 무렵 법적인 공연금지조치가 내려지고, 주연배우들에게 6주의 구금형이 내려졌으며, 관객들은 이에 항의했다. 그 후 1921년 2월 1일 빈 독일국민극장 소극장에서 열린 공연도 연극 역사상 유례없는 스캔들이 되었다. 몇 주 동안 이어진 공연은 격렬한 소요, 폭력, 협박, 모욕을 불러일으켜 작가는 "포르노제작자", "저질 유대인작가"로 낙인찍히고, 배우들 역시 비난받았다. 독일과 오스트리아에서는 당시 점점 더 많은 영향력과 지지세력을 얻고 있던 유대인배척주의자들의 공격적인 목소리가 높아져갔다.

　몇 달 후에는『윤무』에서 연기한 배우들은 물론 베를린 소극장의 운영진도 '음란물유포' 혐의로 고발되어 법정에 서게 되었다. 그러나 1921년 11월 슈니츨러가 불참한 가운데 열린 6일 동안의 재판은 무죄 판결로 끝났다. 판결문에서『윤무』는 예술적 가치뿐만 아니라 윤리적 가치 또한 분명하게 인정받았다.

　온갖 추문들, 고발들, 악평들에 지친 슈니츨러는 이 작품의 공연을 더 이상 하지 못하도록 했다. 작품은 법적인 저작권보호에 따라 슈니츨러의 사후 50년 간 공연이 금지되었다. 그 후『윤무』는 1982년 12월 31일 저녁에야 다시 바젤, 뮌헨, 맨체스터, 런던에서 합법적으로 공연되기 시작했다.

　제목이 암시하듯 이 드라마는 여럿이 둥글게 돌아가며 추는 춤 형식인 윤무를 기본구조로 하고 있다. 다섯 쌍의 남녀가 한 번씩 상대를 바꿔 모두 열 쌍이 대화를 이끌어가면서 예외 없이 성적인 결합에 이른다. 슈니츨러는 계속하여 한 등장인물이 다음 장에서는 다른 인물과 쌍을 이루는 식의 윤무 형식을 빌려 작품을 구성하고 있다. 그러나 슈니츨러는 성교 전후의 상황만을 서술할 뿐 성교행위 자체는 묘사하지 않은 채 점선으로 암시할 뿐이다. 장이 바뀔 때마다 파트너가 교체되어 다양한 사회적 계층이 어우러진다. 꼬리에 꼬리를 무는 식으로 창녀와 병사, 병사와 하녀, 하녀와 젊은 남자, 젊은 남자와 젊은 부인, 젊은 부인과 남편, 남편과 귀여운 소녀, 귀여운 소녀와 작가, 작가와 여배우, 여배우와 백작이 쌍을 이룬 후 마지막에는 백작과 첫 장에 한 번만 나온 창녀가 한 쌍을 이룬다.

등장인물들은 다양한 사회계층을 대표하고 있다. 창녀 · 병사 · 하녀는 하류층을, 젊은 남자 · 젊은 부인 · 남편 · 귀여운 소녀는 평범한 중산층을, 작가와 여배우는 지식인층을, 백작은 귀족층을 나타낸다. 슈니츨러는 그 당시 지배적이었던 성에서의 이중적 도덕을 다루고 있으며, 이 이중도덕은 사회의 모든 계층에 적용된다는 것을 내보인다. 성행위 순간에는 사회의 모든 계층과 지위의 차이가 사라지고, 성행위 순간을 나타내는 점선 표시들은 어느 계층의 사람들에게서나 동일하게 등장한다. 그러나 성관계 전과 후에 벌어지는 상황들에서는 주인공들에 따라 사회적 구별이 나타난다. 서로에게 친밀하게 몰입할 수 있는 상황에서도 창녀를 제외하고는 모두가 행동을 제약하는 인습에 빠져버린다. 인습에 얽매여 있는 한 성적 행위에도 불구하고 아무런 친밀감도 이루어지지 않는다. 인습이 중시되지 않는 곳에서만, 즉 창녀와 같은 사회의 가장자리 계층에게서만 이중적이지 않은 좀 더 인간적인 행동이 가능하다.

이중적 도덕은 무엇보다도 젊은 부부가 등장하는 다섯 번째 장면에서 가장 뚜렷하게 드러난다. 여기에서 이중적 도덕의 전형적 대표인 남편은 아내에게 장황하게 도덕에 대해 설명하면서 절대적인 충실과 순결을 요구하고, 흠 있는 여자들과는 어울리지도 못하게 한다. 그러면서 그는 귀여운 소녀와의 장면에서는 부도덕한 유혹자로 등장한다. 그는 아내에게 남자의 난잡한 성관계는 유감스럽지만 피할 수 없는 의무이자 필연이라고 강조한다. 그는 아내를 아이의 어머니로서, 정숙한 아내로서 대하면서 그녀에게 청교도적 금기를 요구한다. 점잖은 집안의 여자들은 미덕을 중시하고 성에 대해서는 역겨워할 것이라면서 아내를 신성시 하는 그는 섹스의 대상을 다른 여자들에게서 찾는다. 그는 여성을 정숙한 부인과 부도덕한 창녀로 양분하여 아내의 순결과 정숙함에 대해서는 전혀 의심하지 않지만 성의 대상이 되는 다른 여자들에 대해서는 죄악시하며 비난한다. 그는 순결과 진실이 있는 곳에서만 사랑이 가능하다고 말하면서도 자신의 무질서한 성관계는 결혼 전에나 후에나 변함없이 이어간다. 또한 자신과 성관계를 갖는 여자들을 죄악시하지만 스스로의 행위에 대해서는 똑같은 잣대를 들이대지 않는다.

『윤무』는 출판과 공연으로 슈니츨러에게 금전적 성공을 가져다주었지만 슈니츨러를 계속하여 포르노 작가로 고착시키기도 했다. 격세지감을 느끼게 하는 재미있는 것은 실제로 작품 속에서는 성적인 세밀한 행위가 전혀 묘사되지 않고 점선으로 암시되고 있는데도 이 작품이 음란물의 극치인 듯 치부되었다는 점이다.

이 번역서에서는 우리말 번역문과 함께 독일어 원문 텍스트를 부록으로 실어 독문학 전공 학생들에게 원어강독교재로도 사용할 수 있도록 했다.

2017년 2월

옮긴이 이관우

차례

등장인물

창녀

병사

하녀

젊은 남자

젊은 부인

남편

귀여운 소녀

작가

여배우

백작

창녀와 병사

늦은 저녁. 아우가르텐 다리.

병사 (휘파람을 불며 귀대하려 한다.)

창녀 이리 와요, 멋쟁이 천사.

병사 (뒤돌아보고는 계속 걸어간다.)

창녀 나하고 같이 가지 않을래요?

병사 아, 나보고 멋쟁이 천사라고?

창녀 물론이지요. 아니면 누구겠어요? 가요, 나하고 같이 가요. 나
바로 이 근처에 살아요.

병사 난 시간 없다. 부대로 들어가야 돼!

창녀 부대는 언제라도 들어갈 수 있잖아요. 내 곁에 있는 게 더 좋을
텐데.

병사 (창녀에게 다가가서) 그럴 수도 있겠군.

창녀 쉿. 언제든 보초가 올 수 있어요.

병사 웃기지 마! 보초라고! 나도 총 있어!

창녀 가요, 나랑 같이 가요.

병사 귀찮게 굴지 마. 나 돈 없어.

창녀 돈 필요 없어요.

병사 (멈춰 선다. 가로등 옆이다.) 돈이 필요 없다? 그럼 나중에 뭐 먹고
살려고?

창녀 돈은 민간인들이나 내지요. 당신 같은 병사는 늘 공짜로 날 차
지할 수 있어요.

병사 그러고 보니 네가 바로 후버한테 들은 적 있는 그 여자로구나.

창녀 난 후버라는 사람 모르는데.

병사 네가 맞을 거야. 이봐 – 시프 거리에 있는 카페 – 거기서 그 녀석과 네가 만나 함께 네 집으로 갔었잖아.

창녀 카페에서 만나 집으로 데려간 남자들이 하도 많아서 ……. 오! 오!

병사 그럼 가자, 가.

창녀 어이구, 이제 급한가 보네요?

병사 아니, 뭘 더 기다려? 난 10시까지는 부대에 들어가 있어야 돼.

창녀 군복무는 언제부터 하고 있나요?

병사 너하고는 상관없는 일이잖아? 집은 먼가?

창녀 걸어서 10분.

병사 나한테는 너무 멀다. 뽀뽀나 해 줘.

창녀 (병사에게 입맞춤한다.) 이건 내가 좋아하는 남자를 만났을 때 가장 즐겨 해주는 건데!

병사 난 안 되겠다. 너랑 같이 갈 수 없어. 너무 멀어.

창녀 그렇다면 내일 오후에 오세요.

병사 좋아. 주소나 줘.

창녀 하지만 당신은 오지 않을 텐데요.

병사 온다고 했잖아!

창녀 자기야, 그럼 – 오늘 저녁 우리 집에 가는 게 너무 멀면 – 저기 …… 저기 …… (도나우 강을 가리킨다.)

병사 무슨 말이야?

창녀 저기도 아주 조용한데 …… 지금은 사람도 다니지 않고.

병사 아, 그건 옳은 일이 아니다.

창녀 내 곁에 있는 건 언제나 옳은 일이에요. 이봐요, 지금 내 옆에 있어줘요. 우리가 내일도 목숨을 부지하고 있을지 누가 알아요.

병사 그럼 가자. 하지만 재빨리 끝내는 거다!

창녀 조심해요. 저기는 어두워요. 미끄러지면 도나우 강 물 속으로 들어가요.

병사 그렇게 되면 가장 잘 된 일일지도 모르지.

창녀 쉿, 잠깐만 기다려요. 곧 벤치가 나올 거예요.

병사 이곳을 잘 아는가 보네.

창녀 난 당신 같은 남자를 애인으로 삼고 싶어요.

병사 난 네게 너무 열렬히 해줄 텐데.

창녀 그럼 내가 버릇 좀 고쳐주지요.

병사 하 −

창녀 그렇게 큰 소리 내지 말아요. 이따금 보초가 헤매다가 이쪽으로 오는 수도 있어요. 우리가 빈 시내 한복판에 있다는 거 명심해야 되잖아요?

병사 이리 와, 이리 가까이.

창녀 여기서 미끄러지면 저 아래 강물 속으로 빠져버린다는 생각도 못하나 봐.

병사 (창녀를 끌어안는다.) 아, 너는 −

창녀 꼭 잡아요.

병사 괜찮아.

————————————————————————————

창녀 벤치 위에서가 더 좋을 뻔했는데.

병사 거기가 거기지 뭐 …… 자, 빨리.

창녀 왜 그렇게 달리는지 원 −.

병사 부대로 들어가야 돼. 벌써 너무 늦었어.

창녀 가세요. 그런데 이름이 뭐죠?

병사 내 이름이 뭐든 네가 무슨 관심이 그렇게 많아?

창녀 나는 네오카디아라고 해요.

병사 하! 그런 이름은 처음 들어보는군.

창녀 그런데 말이지!

병사 그래, 네가 원하는 게 뭐지?

창녀 집세 내게 최소한 6그로셴은 줘야지!

병사 하! 내가 네 봉인 줄 아나. 잘 있어! 네오카디아.

창녀 불한당! 사기꾼!

　　　(병사 사라진다.)

병사와 하녀

프라터 공원. 일요일 저녁.

부르스텔프라터에서부터 어두운 가로수 거리로 이어지는 골목길. 부르스텔프라터에서 시끄러운 음악소리가 들려온다. 취주악으로 연주하는 통속적인 폴카 음악인 퓐프크로이처 무곡도 들린다.

병사. 하녀.

하녀 그런데 왜 그렇게 일찍 나와야 했는지 말해 주세요.

병사 (당황하며 바보처럼 웃는다.)

하녀 아주 좋았어요. 전 춤추는 걸 좋아해요.

병사 (하녀의 허리를 껴안는다.)

하녀 (가만 놔둔다.) 지금은 우리가 춤추는 것도 아니잖아요. 왜 나를 이렇게 꼭 붙들고 있어요?

병사 이름이 뭐더라? 카티던가요?

하녀 당신 머릿속에는 늘 카티만 있나보네요.

병사 알았다, 알았어. 마리지요.

하녀 그런데 여기는 어두워요. 무서워요.

병사 내가 옆에 있으면 무서워할 필요 없어요. 다행히도 내가 있잖아요, 내가!

하녀 그런데 어디로 가는 거예요? 사람이라곤 보이질 않네요. 가요, 돌아가요! 너무 어두워요!

병사 (버지니아 담배를 빨자 담배 끝이 빨갛게 반짝인다.) 벌써 밝아지는군! 하하! 이 값진 것!

하녀 아, 뭐하는 거예요? 내가 이럴 줄 알았더라면!

병사 내가 목숨 걸고 말하는데, 오늘 스보보다 집에서 당신보다 더 풍만한 여자는 없었어요, 마리 양!

하녀 모든 여자들에게 이런 식으로 작업을 거나요?

병사 그런 건 춤추면서 알게 되는 거요. 아주 많은 걸 알게 되지요! 하!

하녀 하지만 당신은 나보다 금발의 비뚤어진 얼굴을 한 그 여자와 더 많이 춤췄잖아요.

병사 그건 내 친구 하나가 오래 전부터 아는 여자요.

하녀 콧수염을 말아 올린 그 하사요?

병사 아, 아니. 그 사람은 민간인이었어요. 당신도 알잖아요. 처음에 나와 같은 테이블에 앉아 쉰 목소리로 말하던 그 사람 말이오.

하녀 아, 알아요. 참 뻔뻔스런 사람이지요.

병사 그 녀석이 당신에게 무슨 짓이라도 했나요? 내가 혼 좀 내줘야겠는 걸! 그 녀석이 당신한테 뭔 짓을 한 거요?

하녀 아무 짓도 안 했어요. 그 사람이 딴 여자와 있는 걸 보았을 뿐이에요.

병사 이봐, 마리 양 …….

하녀 담뱃불로 나를 지지겠어요.

병사 미안해요! ─ 마리 양. 우리 서로 말 놓을까?

하녀 우린 아직 그렇게 잘 아는 사이가 아닌 걸요.

병사 서로 좋아하지 않으면서도 친근하게 말을 놓는 사람들도 많은데 뭐.

하녀 그건 다음에 우리가 …… 그런데 프란츠 씨 ─.

병사 내 이름을 알고 있었던 거야?

하녀 그런데 프란츠 씨 …….

병사 그냥 프란츠라고 해요, 마리 양.

하녀 그렇게 버릇없이 굴지 말아요. 그런데 쉿, 누가 오기라도 하면!

병사 누가 온다 해도 두 발짝 앞도 볼 수 없는걸 뭐.

하녀 나원참, 그런데 도대체 어디로 가는 거예요?

병사 저기 좀 봐, 우리 같은 사람이 둘 있네.

하녀 어디요? 아무 것도 안 보이는데.

병사 저기 …… 우리 앞에.

하녀 대체 무슨 말이에요, 우리 같은 두 사람이라니?

병사 아, 내 말은 그저 그들도 서로 좋아한다는 뜻이지.

하녀 그런데 조심하세요. 저기 뭐가 있어요. 하마터면 넘어질 뻔 했네.

병사 아, 저건 초원의 나무울타리야.

하녀 그렇게 밀어대지 좀 말아요. 넘어지겠어요.

병사 쉿, 그렇게 큰 소리 내지 마.

하녀 이봐요, 이제 정말 소리 지를 거예요. – 그러면 어쩌려고 ……
그러면 –.

병사 이제 아무리 둘러봐도 아무도 없어.

하녀 그럼 사람들이 있는 데로 돌아가요.

병사 우린 사람들이 필요 없어, 그래, 마리, 그거 하는 데는 …… 필
요 없지 …… 하하.

하녀 이봐요, 프란츠 씨, 제발 좀, 이봐요, 내가 이런 걸 …… 알았더
라면 …… 오 …… 오 …… 이리 와요!

————————————————————————————

병사 (행복해하며) 제발 한 번만 더했으면 …… 아 …….

하녀 당신 얼굴이 전혀 보이지 않네요.

병사 아, 얼굴은 뭐에 쓰려고.

————————————————————————————

병사 이봐, 마리 양, 그렇게 풀밭에 누워 있을 순 없지.

하녀 자, 프란츠, 나 좀 도와줘요.

병사 그래, 퍼뜩 일어나.

하녀 오 맙소사, 프란츠.

병사 그래, 프란츠가 어쨌다는 거지?

하녀 당신은 나쁜 사람이야, 프란츠.

병사 그래, 그래, 자, 잠깐만 기다려.

하녀 왜 나를 놓는 거지요?

병사 아, 그건 버지니아 담배에 불 좀 붙이려고.

하녀 너무 어두워요.

병사 내일 아침이면 다시 밝아지지.

하녀 말해 봐요, 날 좋아하긴 하는 거예요?

병사 아니 그건 느낌으로 알아챘을 텐데, 마리 양, 하!

하녀 우리 어디로 가는 거예요?

병사 그래, 돌아가는 거지.

하녀 이봐요, 제발 그렇게 빨리 가지 마요.

병사 아니, 왜 그러는데? 난 어두운 밤에 다니는 게 싫단 말이야.

하녀 말해 봐요, 프란츠, 나 좋아해요?

병사 너 좋아한다고 방금 말했잖아!

하녀 그럼, 나한테 뽀뽀해주지 않을래요?

병사 (공손하게) 저기 …… 들어봐 – 이제 음악소리가 다시 들리는군.

하녀 결국 다시 춤추러 가고 싶다는 건가요?

병사 그래 물론이지, 그게 어때서?

하녀 그래요, 프란츠, 그럼 난 집에 가야겠어요. 집에서는 벌써 날 욕
하고 있을 거예요. 우리 주인아줌마는요 …… 내가 집 밖으로

나가지 않는 걸 제일 좋아하는 그런 여자예요.

병사 그래, 그럼 그냥 집으로 가.

하녀 프란츠 씨, 나는 당신이 날 집에 바래다줄 줄 알았는데.

병사 집에 바래다준다고? 아!

하녀 어쨌든, 혼자 집에 가는 건 슬픈 일이예요.

병사 어디 사는데?

하녀 그다지 멀지 않아요. - 포르첼란 거리.

병사 그래? 그럼 나와 같은 길인데 …… 하지만 지금은 너무 이른데
…… 지금 한 판 더 돌아야지, 오늘은 시간이 충분한데 …… 12
시 전까지는 부대에 안 들어가도 돼. 난 좀 더 추러 간다.

하녀 난 알아, 당연히 이제 비뚤어진 얼굴의 그 금발 여자가 나오겠지!

병사 하! - 그 여자 얼굴 전혀 비뚤어지지 않았는데.

하녀 내가 못살아, 남자들은 나빠. 당신은 틀림없이 모든 여자들과
이러겠지.

병사 그건 너무 심한 말인 것 같은데-!

하녀 프란츠, 제발, 오늘은 절대로 그러지 말아요-. 오늘은 내 옆에
있어줘요, 꼭 -.

병사 그래, 그래, 좋아. 하지만 내가 춤은 춰도 되잖아.

하녀 난 오늘 어떤 사람과도 춤추지 않을래요.

병사 저 녀석 여전히 저러고 있네 …….

하녀 누구요?

병사 스보보다 녀석! 우리가 얼마나 빨리 돌아왔는지. 아직도 저걸
연주하고 있네 …… 타다라다 타다라다 (함께 부른다.) …… 그
럼 날 기다리겠다면 집에 바래다주고 …… 그렇지 않으면 ……
안녕 -.

하녀 알았어요, 기다릴게요.

(두 사람 무도장으로 들어선다.)

병사 이봐, 마리 양, 맥주 한 잔 가져다 달라고 해. (막 한 녀석과 춤을 추며 지나가는 금발여인에게 몸을 돌려 표준말로) 아가씨, 같이 추시 겠어요?

하녀와 젊은 남자

무더운 여름날 오후 – 부모는 이미 시골에 가 있다. – 요리사는 외출했다. – 하녀는 부엌에서 애인인 병사에게 편지를 쓰고 있다. 젊은 남자의 방에서 벨이 울린다. 그녀는 일어서서 젊은 남자의 방으로 간다.

젊은 남자는 소파에 누워 담배를 피우며 프랑스 소설을 읽고 있다.

하녀 부르셨어요, 도련님?

젊은 남자 아 그래, 마리, 아 그렇지, 내가 벨을 눌렀지, 그래 …… 내가 뭣 때문에 …… 그래 맞아, 블라인드 좀 내려 줘, 마리 …… 블라인드를 내리면 더 시원하지 …… 그래 …….

(하녀는 창가로 가서 블라인드를 내린다.)

젊은 남자 (계속 책을 읽는다.) 대체 뭐하는 거야, 마리? 아 나 참. 이제 보이질 않아 아무 것도 읽을 수가 없잖아.

하녀 도련님은 늘 그렇게 열심이시네요.

젊은 남자 (거드름피우며 그 말을 흘려듣는다.) 그럼, 그렇지.

(마리 나간다.)

젊은 남자 (계속 책을 읽으려다가 곧 책을 떨어뜨리고는 다시 벨을 누른다.)

하녀 (나타난다.)

젊은 남자 이봐, 마리 …… 그래, 내가 무슨 말을 하려고 했더라 …… 아 그래 …… 집에 혹시 코냑 있나?

하녀 예, 그런데 문이 잠겨 있어요.

젊은 남자 그럼 열쇠는 누가 가지고 있지?

하녀 리니가 열쇠를 갖고 있어요.

젊은 남자 리니가 누구지?

하녀 요리사예요, 알프레트 도련님.

젊은 남자 그럼 리니에게 말해.

하녀 그런데 리니는 오늘 외출했어요.

젊은 남자 그래 …….

하녀 제가 커피숍에서 가져다 드리면 어떨지 …….

젊은 남자 아 아니야, 날이 너무 더워. 코냑은 필요 없어. 마리, 물이 나 한 잔 갖다 줘. 쉿, 마리 − 차가운 물이 나오도록 수돗물을 계속 틀어 놔야 돼.

(하녀 퇴장)

젊은 남자 (하녀의 뒷모습을 바라본다. 하녀가 문 옆에서 젊은 남자를 돌아보자 젊은 남자는 허공을 바라본다. − 하녀는 수도꼭지를 틀어 물이 흐르게 한다. 그 사이에 하녀는 자신의 작은 방으로 들어가 손을 씻고 거울 앞에서 머리를 매만진다. 그런 다음 그녀는 젊은 남자에게 물 한 잔을 가져간다. 그녀는 소파로 다가간다.)

젊은 남자 (반쯤 몸을 일으키고, 하녀가 물 잔을 그의 손에 건네주자 그들의 손가락이 서로 닿는다.)

젊은 남자 그래, 고마워. − 그런데 왜 그래? − 조심해, 잔을 다시 쟁반 위에 올려놔 …… (그는 누워서 몸을 쭉 뻗는다.) 지금 몇 시나 됐지?

하녀 다섯 시예요, 도련님.

젊은 남자 그래, 다섯 시라 − 알았어 −.

하녀 (나간다. 그녀는 문 옆에서 돌아본다. 젊은 남자는 처음부터 계속 하녀의 뒷모습을 바라보고, 하녀는 이를 알아채고 미소 짓는다.)

젊은 남자 (한 동안 누워 있다가 갑자기 일어난다. 문까지 갔다가 다시 돌아와 소파에 눕는다. 다시 책을 읽으려 애쓴다. 몇 분 후 다시 벨을 누른다.)

하녀 (미소 지으며 나타나고, 미소를 감추려 하지 않는다.)

젊은 남자 이봐, 마리, 물어볼 게 있어. 오늘 오전에 실러 박사가 오지 않았었나?

하녀 아뇨, 오늘 오전에는 아무도 오지 않았어요.

젊은 남자 그래, 이상하네. 실러 박사가 오지 않았단 말이지? 실러 박사를 잘 알기는 하는 거야?

하녀 물론이지요. 검은 턱수염을 한 키가 큰 분이시지요.

젊은 남자 맞아. 혹시 그 분 왔었지 않나?

하녀 아뇨, 아무도 오지 않았어요, 도련님.

젊은 남자 (단호하게) 이리 와, 마리.

하녀 (좀 더 가까이 다가간다.) 예, 그러지요.

젊은 남자 더 가까이 …… 그래 …… 아 …… 내가 생각한 건 오로지 …….

하녀 도련님, 무슨 일이신데요?

젊은 남자 생각한 건 …… 내가 생각한 건 – 오로지 네 블라우스 때문에 …… 어떤 블라우스인지 …… 자, 좀 더 가까이 와. 잡아먹지 않을 테니.

하녀 (그에게 다가간다.) 제 블라우스가 어때서요? 도련님 마음에 안 드세요?

젊은 남자 (블라우스를 붙들며 하녀를 끌어당긴다.) 파란 색이네? 아주 예쁜 파란색이야. (한마디로 간단히) 썩 예쁘게 입었어, 마리.

하녀 하지만 도련님 …….

젊은 남자 그래, 무슨 일인데? …… (그는 하녀의 블라우스를 열어젖힌다. 그리고 사무적으로) 하얀 피부가 아름답군, 마리.

하녀 도련님 제게 아첨하시네요.

젊은 남자 (그녀의 가슴에 키스한다.) 아프지는 않을 테지.

하녀 오, 괜찮아요.

젊은 남자 그렇게 한숨을 쉬기에! 한숨은 왜 쉬는 거야?

하녀 오, 알프레트 도련님 …….

젊은 남자 슬리퍼도 예쁜 걸 신었네 …….

하녀 ……하지만 …… 도련님 …… 밖에서 누가 초인종이라도 누르면 ―.

젊은 남자 이 시간에 누가 초인종을 누르겠어?

하녀 하지만 도련님 …… 보시다시피 …… 이렇게 밝은데 …….

젊은 남자 내 앞에서는 부끄러워할 필요 없어. 이렇게 예쁘니 어느 누구 앞에서도 전혀 부끄러워할 필요 없지. 그래, 진심이야. 마리, 너는 …… 그런데 네 머리칼에서도 기분 좋은 냄새가 나는구나.

하녀 알프레트 도련님 …….

젊은 남자 쓸데없이 빼지 마라, 마리 …… 나는 이미 너를 달리 보아 왔어. 최근에 내가 밤늦게 들어와서 물을 가지러 갔을 때 네 방으로 들어가는 문이 열려 있었지 …… 그래서 …….

하녀 (얼굴을 가린다.) 어머나, 알프레트 도련님이 그렇게 나쁜 사람인 줄은 몰랐어요.

젊은 남자 그때 난 무척 많은 걸 보았지 …… 이것 저것 …… 그리고 이것 …… 그리고 ―.

하녀 그만 해요, 알프레트 도련님!

젊은 남자 이리 와, 이리 …… 가까이 …… 그래, 그렇게 …….

하녀 하지만 누가 초인종이라도 누르면 ―.

젊은 남자 이제 그만 좀 해 …… 그렇다 해도 안 열면 되지.

―――――――――――――――――――――――――――

초인종이 울린다.

젊은 남자 빌어먹을. 어떤 놈이 저렇게 소란을 피워. – 그 놈이 이미
　　　여러 번 초인종을 울린 걸 우리가 못 들은 거 아냐.

하녀 오, 계속 신경을 쓰고 있었는데.

젊은 남자 그럼, 얼른 내다 봐 – 창문으로.

하녀 도련님 …… 도련님은 그런데 …… 안 돼요 …… 아주 나빠요.

젊은 남자 제발 이제 좀 내다 봐 …….

하녀 (퇴장한다.)

젊은 남자 (재빨리 블라인드를 걷어 올린다.)

하녀 (다시 나타나서) 도로 가버렸나 봐요. 지금은 아무도 없어요. 아마
　　　실러 박사님이었을지도 모르겠어요.

젊은 남자 (언짢은 기분이 되어) 괜찮아.

하녀 (그에게 다가간다.)

젊은 남자 (그녀를 피하며) 이봐, 마리, – 난 이제 커피숍에 가봐야겠다.

하녀 (애교를 부리며) 벌써 …… 알프레트 도련님.

젊은 남자 (엄하게) 난 지금 커피숍에 간다. 실러 박사가 오기라도 하
　　　면 ……

하녀 오늘은 안 오셔요.

젊은 남자 (더 엄하게) 실러 박사가 오기라도 하면 나는, 나는 …… 난
　　　– 커피숍에 가 있겠다 –.

　　　(다른 방으로 간다.)

　　　(하녀는 담배탁자에서 담배 한 개비를 집어 주머니에 넣고 퇴장한다.)

젊은 남자와 젊은 부인

저녁. 슈빈트거리에 있는 어떤 집의 응접실로 그다지 우아하지 않은 평범한 가구들이 있다.

젊은 남자가 막 들어와 미처 모자와 외투도 벗지 않은 채 양초들에 불을 붙인다. 그런 다음 옆방 문을 열고 들여다본다. 응접실의 촛불들에서 나오는 불빛이 마루를 지나 맨 끝 벽 옆에 있는 천장 달린 침대에까지 비춘다. 침실 구석에 있는 벽난로에서 나오는 붉은 불빛이 침대 커튼 위로 퍼진다. 젊은 남자는 침실도 살펴본다. 그는 창문 사이의 벽에서 스프레이 통을 집어 들고 곱게 분사되는 제비꽃향의 향수를 침대쿠션에 뿌린다. 그런 다음 스프레이 통을 들고 두 방을 지나면서 쉬지 않고 작은 분사용 볼을 눌러댐으로써 곧 온 사방에서 제비꽃 향이 난다. 그러고 나서 외투와 모자를 벗는다. 그는 청색 비단으로 된 안락의자에 앉아 담배에 불을 붙여 피운다. 잠시 후에 다시 일어나 녹색 블라인드가 내려져 있는지 확인한다. 그는 갑자기 다시 침실로 들어가 침대 옆 협탁의 서랍을 연다. 서랍 속을 더듬어 거북이 모양의 머리핀을 찾아낸다. 머리핀을 감출 곳을 찾다가 결국 외투 주머니 속에 집어넣는다. 그런 다음 응접실에 있는 장식장에서 은으로 된 쟁반과 코냑 한 병과 두 개의 리큐르 술잔을 꺼내 탁자 위에 놓는다. 그는 다시 외투 쪽으로 다가가 주머니에서 흰색의 조그만 상자를 꺼낸다. 상자를 뜯어 코냑 옆에 놓는다. 다시 장식장으로 가 작은 접시 두 개와 식사용구들을 꺼낸다. 작은 상자에서 꿀을 바른 밤 한 개를 꺼내어 먹는다. 그런 다음 코냑 한 잔을 따라 재빨리 마신다. 그러고는 자신의 시계를 들여다본다. 그는 방안을 이리저리 돌아다닌다. 한동안 커다란 벽거울 앞에 멈춰 서서 휴대용 빗으로 머리칼과 짧은 콧수염을 다듬는다. 이제 그는 현관문으로 가서 귀를 기울인다. 아무런 동정도 없다. 그런 다음 그는 침실 문 앞에 걸린 파란색 커튼을 친다. 초인종이 울린다. 젊은 남자는 가볍게 몸을 움찔한다. 그러고는 안락의자에 앉아 있다가 문이 열리고 젊은 부인이 들어서자 비로소 일어난다.

젊은 부인 (베일로 몸을 단단히 가린 채 등 뒤로 문을 닫고, 마치 엄청난 흥분을
가라앉히려는 듯 왼손을 가슴 위에 얹고 잠시 멈춰 서있다.)

젊은 남자 (그녀에게 다가가며, 그녀의 왼손을 잡고 검정 수가 놓인 하얀 장갑
에 입맞춤한다. 나지막하게 말한다.) 고맙습니다.

젊은 부인 알프레트-알프레트!

젊은 남자 어서 오세요, 부인 …… 어서 오세요, 엠마 부인 …….

젊은 부인 잠깐만요 - 제발 …… 오 제발, 알프레트! (그녀는 여전히 문
옆에 서있다.)

젊은 남자 (그녀 앞에 서서 그녀의 손을 잡는다.)

젊은 부인 내가 지금 도대체 어디에 있는 거예요?

젊은 남자 저의 집입니다.

젊은 부인 이 집은 무서워요, 알프레트.

젊은 남자 왜 그러시죠? 무척 품위 있는 집인데요.

젊은 부인 계단에서 두 명의 남자를 만났어요.

젊은 남자 아는 사람인가요?

젊은 부인 모르겠어요. 알 수도 있겠지요.

젊은 남자 죄송하지만 부인 - 아는 분이면 알아보실 텐데요.

젊은 부인 난 전혀 똑바로 보지 않았어요.

젊은 남자 하지만 부인의 가장 친한 친구라 해도 - 그들이 부인을 알
아보지는 못했을 겁니다. 나조차도 …… 부인이라는 걸 몰랐
더라면 …… 이 베일이 -.

젊은 부인 두 겹이에요.

젊은 남자 조금 더 가까이 오시겠어요? …… 그리고 적어도 모자만은

벗으시지요!

젊은 부인 무슨 생각을 하는 거요, 알프레트? 내가 말했지요, 5분이라고 …… 안 돼요, 그 이상은 안 돼요 …… 절대로 -.

젊은 남자 그럼 베일을 -.

젊은 부인 두 겹이에요.

젊은 남자 그래요, 베일이 두 겹이라도 - 최소한 당신을 보게는 해 줘야지요.

젊은 부인 날 좋아하세요, 알프레트?

젊은 남자 (깊이 상처를 받아) 엠마 - 나한테 그런 걸 물으시다니 …….

젊은 부인 여긴 좀 덥군요.

젊은 남자 모피 외투를 입고 계시니 - 곧 시원해지실 겁니다.

젊은 부인 (마침내 방으로 들어가 안락의자에 털썩 앉는다.) 피곤해 죽겠어요.

젊은 남자 괜찮으시다면. (그녀에게서 베일을 벗긴다. 그녀의 모자에서 핀을 뽑고, 모자와 핀과 베일을 옆으로 치운다.)

젊은 부인 (그렇게 하도록 내버려둔다.)

젊은 남자 (그녀 앞에 서서 머리를 흔든다.)

젊은 부인 왜 그래요?

젊은 남자 부인이 지금처럼 아름다운 적은 없었소.

젊은 부인 어째서요?

젊은 남자 단둘이라서 …… 당신과 단둘이라서 - 엠마 -. (그는 그녀가 앉아있는 안락의자 옆에 무릎을 꿇고 앉아서 그녀의 양손을 붙들고 키스를 퍼붓는다.)

젊은 부인 그럼 이제 …… 돌아가게 해줘요. 내가 당신이 원하는 걸 해줬으니.

젊은 남자 (그녀의 가슴에 머리를 파묻는다.)

젊은 부인 당신 얌전히 있겠다고 약속했잖아요.

젊은 남자 그랬지요.

젊은 부인 이 방에서는 질식하겠어요.

젊은 남자 (일어서며) 아직도 외투를 입고 계시잖아요.

젊은 부인 이걸 내 모자 옆에 놔두세요.

젊은 남자 (그녀의 외투를 벗겨 마찬가지로 소파 위에 놓는다.)

젊은 부인 그럼 이제 – 안녕 –.

젊은 남자 엠마 –! 엠마 –!

젊은 부인 오 분 지난 지 한참 됐어요.

젊은 남자 일 분만 더 안 되는지요 –!

젊은 부인 알프레트, 지금 몇 시인지 정확히 말해줘요.

젊은 남자 정각 일곱 시 십오 분이오.

젊은 부인 이미 언니 집에 가 있어야 할 시간이에요.

젊은 남자 언니는 자주 볼 수 있잖아요 …….

젊은 부인 맙소사, 알프레트, 왜 날 그렇게 나쁜 길로 이끄는 거요.

젊은 남자 당신을 …… 사모하니까, 엠마.

젊은 부인 그 말 얼마나 많은 여자들에게 해왔어요?

젊은 남자 당신을 만난 뒤로는 아무에게도 안 했어요.

젊은 부인 내가 얼마나 경박한 여자인지! 누군가 내게 이렇게 될 걸 미리 말해줬더라면 …… 일주일 전에라도 …… 어제라도 …….

젊은 남자 당신은 그제 이미 내게 약속했으면서 …….

젊은 부인 당신이 날 그토록 괴롭혀왔으니까요. 하지만 난 약속할 생각이 없었어요. 하느님이 내 증인이지요. – 난 약속할 생각이 없었다구요 …… 난 어제 굳게 결심했어요 …… 내가 어제 저녁에 긴 편지를 쓴 걸 아시나요?

젊은 남자 편지 못 받았는데요.

젊은 부인 그걸 다시 찢어버렸어요. 당신에게 그 편지를 보냈어야 하는 건데.

젊은 남자 안 보내길 잘했지요.

젊은 부인 오 아니에요, 수치스러워요 …… 내가. 나 자신도 나를 모르겠어요. 안녕, 알프레트, 날 가게 내버려둬요.

젊은 남자 (그녀를 끌어안고 얼굴에 뜨거운 키스를 퍼붓는다.)

젊은 부인 아니 …… 약속을 지키세요 …….

젊은 남자 키스 한 번 더 – 한 번 만 더.

젊은 부인 마지막이에요. (그는 그녀에게 키스하고, 그녀는 그의 키스에 답하며, 그들의 입술은 오랫동안 서로 포개져 있다.)

젊은 남자 한 마디 해도 돼요, 엠마? 난 이제야 비로소 행복이 무언지를 알았어요.

젊은 부인 (안락의자에 주저앉는다.)

젊은 남자 (의자 팔걸이에 앉아 한쪽 팔을 가볍게 그녀의 목에 두르며) 아니 무엇이 행복이 될 수 있는지를 이제야 알게 되었지요.

젊은 부인 (깊게 한숨을 쉰다.)

젊은 남자 (그녀에게 다시 키스한다.)

젊은 부인 알프레트, 알프레트, 날 가지고 어쩌려고!

젊은 남자 정말이지 – 여기는 전혀 불편하지 않아요 …… 또한 여기서는 우리가 안전하지요! 밖에서 가졌던 만남보다 훨씬 더 좋지요 …….

젊은 부인 오, 내게 그 일을 기억하게 하지 말아요.

젊은 남자 나는 그 일을 언제나 한없이 기쁜 마음으로 생각할 겁니다. 내게는 당신 곁에서 보낼 수 있었던 모든 순간이 달콤한 추억이니까요.

젊은 부인 기업인모임에서의 무도회 아직 기억하나요?

젊은 남자 그 무도회를 기억하냐고요 ……? 그때 난 저녁식사 하면서 당신 옆에 앉아있었지요, 아주 가까이에. 당신 남편은 샴페인을 …….

젊은 부인 (불만스럽게 그를 바라본다.)

젊은 남자 난 그저 샴페인 얘기를 하려 했을 뿐이오. 자, 엠마, 코냑한 잔 하지 않겠소?

젊은 부인 한 모금만요, 하지만 그 전에 물 한 잔 주세요.

젊은 남자 알았어요 …… 그런데 어디 있더라 – 아 그렇지 ……. (그는 칸막이커튼을 젖히고 침실로 들어간다.)

젊은 부인 (그를 바라본다.)

젊은 남자 (물병과 유리컵 두 개를 가지고 돌아온다.)

젊은 부인 어디 갔었어요?

젊은 남자 옆 …… 방에요. (물 한 잔을 따른다.)

젊은 부인 뭐 좀 물어보려고 하는데, 알프레트 – 진실을 말하겠다고 내게 맹세해줘요.

젊은 남자 맹세하지요 –.

젊은 부인 이 방에 다른 여자가 있었던 적 있지요?

젊은 남자 아니 엠마 – 이 집은 벌써 지은 지 이십 년이나 됐어요!

젊은 부인 내가 무슨 뜻으로 말하는 건지 알잖아요, 알프레트 …… 당신과 함께! 당신 집에서!

젊은 남자 나와 함께 – 여기서 – 엠마! – 당신이 그런 생각을 할 수 있다는 건 좋은 게 아니지요.

젊은 부인 그러니까 당신은 …… 뭐랄까 …… 아니에요, 묻지 않는

게 낫겠어요. 묻지 않는 게 더 나아요. 잘못은 내 자신에게 있지요. 모든 건 인과응보지요.

젊은 남자 아니, 도대체 왜 그래요? 무슨 일이에요? 뭐가 인과응보라는 거요?

젊은 부인 아니에요, 아니 아니에요, 떠올리지 말아야겠어요 …… 그랬다간 부끄러워 땅속으로 파고들어가야 될 거에요.

젊은 남자 (물병을 손에 들고 슬픈 듯 고개를 저으며) 엠마, 당신이 날 얼마나 아프게 하는지 짐작이라도 했으면 좋겠소.

젊은 부인 (코냑 한 잔을 손수 따른다.)

젊은 남자 들어보세요, 엠마. 여기 있는 것이 부끄러우면 – 내가 당신에게 아무 상관도 없는 존재라면 – 당신은 내게 세상의 모든 행복을 의미한다는 걸 느끼지 못한다면 – 그럼 차라리 돌아가시오 –.

젊은 부인 예, 그렇게 하겠어요.

젊은 남자 (그녀의 손을 잡으며) 하지만 당신 없이는 내가 살 수 없으며, 내게는 당신의 손등에 하는 키스가 세상의 모든 여자들이 하는 …… 온갖 애무보다 더한 의미가 있다는 걸 당신이 알아주면 좋으련만 …… 엠마, 나는 여자들 비위나 맞출 줄 아는 다른 젊은이들과는 다르오. – 어쩌면 나는 너무 순진한지 모르오 …… 나는 …….

젊은 부인 하지만 당신이 다른 젊은이들과 같다면요?

젊은 남자 그럼 당신은 오늘 여기에 오지 않았겠지요. – 당신은 다른 여자들과는 다르니까요.

젊은 부인 그걸 어떻게 아세요?

젊은 남자 (그녀를 소파로 끌어당기고 그녀 옆에 바짝 붙어 앉는다.) 당신에 대해 곰곰이 많이 생각해 봤소. 내가 알기로 당신은 불행하오.

젊은 부인 (기뻐하며) 맞아요.

젊은 남자 인생은 아주 공허하고, 아주 허무하고 - 또한, - 아주 짧아요 - 소름끼칠 만큼 너무도 짧지요! 행복은 오직 하나뿐인데 …… 자신을 사랑해 줄 사람을 찾는 것이지요 -.

젊은 부인 (탁자에서 설탕에 절인 배를 집어 입에 넣는다.)

젊은 남자 반은 날 줘요! (그녀는 입술로 배를 그에게 건네준다.)

젊은 부인 (엉뚱한 짓을 하려는 젊은 남자의 손을 붙잡으며) 무슨 짓이에요, 알프레트 …… 이게 당신의 약속인가요?

젊은 남자 (배를 삼키고는 더 대담하게) 인생은 아주 짧아요.

젊은 부인 (힘없이) 하지만 그것이 이유가 되지는 않아요.

젊은 남자 (기계적으로) 아 그래요.

젊은 부인 (더 힘없이) 이봐요, 알프레트, 당신은 약속했잖아요, 얌전히 있겠다고 …… 그리고 이렇게 밝은 대낮에 …….

젊은 남자 이리 와요, 이리 와, 하나뿐인 당신, 하나뿐인 ……. (그는 그녀를 소파에서 들어올린다.)

젊은 부인 대체 뭐하는 거예요?

젊은 남자 저 안은 전혀 밝지 않아요.

젊은 부인 저쪽에도 방이 있어요?

젊은 남자 (그녀를 잡아끌며) 예쁜 방이고 …… 아주 어둡지요.

젊은 부인 여기 있는 게 더 낫겠어요.

젊은 남자 (이미 그녀와 함께 칸막이커튼 뒤 침실로 가 그녀의 허리춤을 푼다.)

젊은 부인 당신이 이러면 …… 맙소사, 날 어쩌겠다는 건지! - 알프레트!

젊은 남자 당신을 사모해, 엠마!

젊은 부인 좀 기다려, 최소한 …… (힘없이) 저리 가 …… 내가 다시 부
를게.

젊은 남자 내가 자기를 – 자기가 나를 (말이 헛 나온다) ……내가 ……
자기를 – 도와줄게.

젊은 부인 내 옷을 모두 찢어놓으려고.

젊은 남자 코르셋 안 입었어?

젊은 부인 난 코르셋 안 입어. 오딜론*도 그런 거 안 입어. 구두단추
나 풀어 줘.

젊은 남자 (구두단추를 풀고 그녀의 발에 입 맞춘다.)

젊은 부인 (침대 속으로 재빨리 기어들어가며) 아이 추워.

젊은 남자 곧 따뜻해질 거야.

젊은 부인 (조용히 웃으며) 자신 있어?

젊은 남자 (불쾌한 기분을 느끼며 혼잣말로) 그런 말은 하지 않았어야 되
는데. (어둠 속에서 옷을 벗는다.)

젊은 부인 (다정하게) 이리 와, 어서, 어서!

젊은 남자 (그 말에 다시 기분이 좋아져서) 그래, 당장 –.

젊은 부인 여기는 제비꽃 냄새가 나네.

젊은 남자 바로 자기가 제비꽃이면서 …… 그래 (그녀에게) 바로 자
기가.

젊은 부인 알프레트 …… 알프레트!!!!

젊은 남자 엠마 ……

----

* 오스트리아 빈을 무대로 활약했던 유명한 여배우 헬레네 오딜론(Helene Odilon, 1863~1939)을 뜻함.

젊은 남자 아마 내가 자기를 너무 사랑하나 봐 …… 그래 …… 정신
이 나가버린 것 같아.

젊은 부인 …….

젊은 남자 하루하루 난 미쳐버린 것 같았어. 내 이럴 줄 알았지.

젊은 부인 신경 쓰지 마.

젊은 남자 전혀 신경 안 써. 너무나 당연한 일인데 뭐, 만약 …….

젊은 부인 아니야 …… 아니야 …… 자기 신경과민이야. 좀 진정해
…….

젊은 남자 스탕달 알아?

젊은 부인 스탕달?

젊은 남자 〈사랑의 심리학〉.

젊은 부인 모르는데, 왜 물어?

젊은 남자 거기에 아주 의미 있는 얘기가 나오거든.

젊은 부인 무슨 얘긴데?

젊은 남자 기병장교들의 모임에 관한 이야기인데 ─.

젊은 부인 그런데.

젊은 남자 장교들이 사랑의 모험에 대해 이야기 하지. 모두가 각각
자신이 가장 많이, 다시 말해서 가장 열정적으로 사랑했던 여
자와 겪었던 …… 여자가 자신을, 자신이 여자를 어떻게 했는
지에 대해 ─ 간단히 말하면 모두가 각자의 여자에게서 지금의
나와 같은 일이 일어난 걸 얘기한다는 거야.

젊은 부인 그렇군.

젊은 남자 무척 유별나지.

젊은 부인 그렇군.

젊은 남자 그게 다가 아니야. 단 한 사람만은 이렇게 주장하는데

…… 자기에게는 평생 그런 일이 일어나지 않았다는 거야. 하지만 스탕달은 덧붙이지 – 그 사람은 아주 악명 높은 허풍쟁이였다고.

젊은 부인 그래 –.

젊은 남자 그런데 스탕달의 말은 나와는 상관없는데도 기분을 상하게 하니 어처구니없네.

젊은 부인 당연한 걸. 바로 자기도 …… 얌전히 있겠다고 약속했잖아.

젊은 남자 아, 웃지 마. 웃는다고 일이 더 나아지는 건 아니야.

젊은 부인 아니야, 나 웃는 거 아니야. 스탕달의 그 이야기는 정말 재미있네. 난 늘 나이든 사람들이나 …… 매우 …… 알다시피 매우 오래 산 사람들에게서만 있는 일로 생각해왔는데 …….

젊은 남자 무슨 생각 하는 거야. 그건 나이와는 전혀 상관없는 일이야. 스탕달의 이야기에서 가장 쇼킹한 걸 까마득히 잊고 있었네. 기병장교들 중 한 사람이 이야기하는데, 몇 주일 동안 줄곧 갈망해온 – 알다시피 – 데지레(desirée)해온 – 여자와 잘은 모르겠는데 사흘 밤인가 엿새 밤을 …… 함께 지냈다는 거야. 그런데 두 사람 모두 행복해서 그 며칠 밤을 줄곧 아무 것도 하지 않고 울기만 했다는 거야 …… 둘 다 …….

젊은 부인 둘 다?

젊은 남자 응. 그게 의아해? 난 충분히 이해해 – 서로 사랑한다면.

젊은 부인 하지만 울지 않는 사람들도 분명히 많이 있어.

젊은 남자 (신경질적으로) 물론이지 …… 이 얘기는 예외적인 경우야.

젊은 부인 아 – 내 생각에는 스탕달이 이런 짓을 할 때는 모든 기병장교들이 운다는 걸 말한 것 같아.

젊은 남자 아니, 이제 날 놀리고 있네.

젊은 부인 무슨 생각하는 거야! 유치하게 굴지 마, 알프레트.

젊은 남자 기분이 좀 상하는데 …… 난 자기가 끝없이 그 일을 생각하고 있다는 느낌을 받았거든. 바로 그게 날 무척이나 부끄럽게 한다고.

젊은 부인 난 절대로 그 일 생각 안 해.

젊은 남자 오 그래. 자기가 날 사랑한다는 걸 내가 확신할 수 있으면 좋겠는데.

젊은 부인 더 많은 증거를 원해?

젊은 남자 이봐 …… 여전히 날 놀리고 있군.

젊은 부인 도대체 왜 그래? 이리 와, 자기의 달콤한 머리 좀 내게 기대 봐.

젊은 남자 아, 기분 좋다.

젊은 부인 날 사랑해?

젊은 남자 오, 난 너무 행복해.

젊은 부인 하지만 당신까지도 울 필요는 없어.

젊은 남자 (그녀에게서 떨어지며 크게 흥분하여) 또, 또. 내가 그렇게 부탁했건만 …….

젊은 부인 울면 안 된다고 말한 걸 가지고 …….

젊은 남자 '까지도 울'이라고 말했잖아.

젊은 부인 신경이 예민하시네, 내 사랑.

젊은 남자 나도 알아.

젊은 부인 그러면 안 돼. 난 뭐랄까 …… 이를테면 우리가 좋은 친구로 지내는 게 …… 좋아.

젊은 남자 또 시작이군.

젊은 부인 기억나지 않나 보네! 우리의 처음 대화들 중 하나였는데.

서로 좋은 친구가 되자는 것, 더 이상은 말고. 오 멋졌지 ……
우리 언니 집에서였지. 1월에 성대한 무도회에서, 카드리유*를
추는 중에 …… 어쩌나, 벌써 출발했어야 하는데 …… 언니가
기다리겠어 – 언니에게 뭐라고 말하지 …… 안녕, 알프레트 –

젊은 남자 엠마 –! 그렇게 날 떠나려 하다니!

젊은 부인 그래 – 그럼! –

젊은 남자 오 분만 더 ……

젊은 부인 좋아. 오 분만. 하지만 꼼짝 않고 가만히 있겠다고 약속해
야 돼? …… 알았지? …… 작별의 키스 한 번 더 해줄게 ……
쉿 …… 조용히 …… 움직이지 말라고 했잖아, 그렇지 않으면
바로 일어날 거야, 내 귀여운 …… 귀여운 …… .

젊은 남자 엠마 …… 내 …….

––

젊은 부인 나의 알프레트 –.

젊은 남자 아, 당신 곁에 있으면 천국이야.

젊은 부인 하지만 이젠 정말 가야 돼.

젊은 남자 아, 언니한테 기다리라고 해.

젊은 부인 집으로 가야겠어. 언니에게 가기엔 벌써 너무 늦었어. 대
체 지금 몇 시나 된 거야?

젊은 남자 내가 그걸 어떻게 알아?

젊은 부인 시계를 보면 되지.

젊은 남자 내 시계는 조끼 안에 있는데.

젊은 부인 그럼 가져와.

––––––––––––––

* 18세기 후반에 비롯된 프랑스 사교춤으로 네 사람의 남녀가 한 조가 되어 사방에서 서
로 마주보고 춘다. 19세기 무렵에는 전 유럽에서 유행하였다.

젊은 남자 (힘껏 밀치며 일어난다.) 여덟 시.

젊은 부인 (급히 일어난다.) 맙소사 …… 빨리, 알프레트, 내 스타킹 좀 이리 줘. 뭐라고 말하지? 집에서는 벌써 나를 기다리고 있을 텐데 …… 여덟 시라니 …….

젊은 남자 언제 또 보지?

젊은 부인 다시는 볼 일 없어.

젊은 남자 엠마! 날 더 이상 좋아하지 않는 거야?

젊은 부인 바로 그 때문이야. 내 구두 이리 줘.

젊은 남자 다시는 안 만난다는 거야? 구두 여기 있어.

젊은 부인 내 핸드백 속에 구두단추가 있어. 제발, 빨리 …….

젊은 남자 여기 구두단추.

젊은 부인 알프레트, 이건 우리 둘을 파멸시킬 수도 있어.

젊은 남자 (몹시 불쾌한 기분으로) 어째서?

젊은 부인 그 사람이 어디서 오냐고 물으면 난 뭐라고 대답하지?

젊은 남자 언니한테서 오는 거라고.

젊은 부인 그래, 내가 거짓말이라도 할 수 있으면 좋겠는데.

젊은 남자 그럼, 당연히 그래야지.

젊은 부인 그런 사람을 위해서라면 모든 걸 다 해야지. 아, 이리 와 …… 한 번 더 키스해 줄게. (그녀는 그를 껴안는다.) − 그럼 이제 − 나 혼자 있게 해 주고, 다른 방으로 가. 자기가 옆에 있으면 옷을 입을 수가 없잖아.

젊은 남자 (응접실로 가서 옷을 입는다. 과자를 먹고 코냑 한 잔을 마신다.)

젊은 부인 (잠시 후 부른다.) 알프레트!

젊은 남자 응, 내 사랑.

젊은 부인 우리가 울지 않은 게 더 좋았어.

젊은 남자 (의기양양하게 미소 지으며) 어쩜 그렇게 외설스럽게 말할 수
있지?

젊은 부인 이제 어떻게 하지 – 우리가 우연히 다시 한 번 모임에서
만나게 되면?

젊은 남자 우연히 – 한 번 …… 자기도 내일 로프하이머 집에 틀림없
이 갈 거지?

젊은 부인 그래. 자기도?

젊은 남자 물론이지. 내가 코티용* 춤을 청해도 되지?

젊은 부인 오, 난 나가지 않을래. 도대체 어떻게 그런 엉뚱한 생각을
하는 거야? – 나는 정말 …… (그녀는 옷을 모두 차려입고 응접실로
들어서서 초콜릿과자 한 개를 집어 든다.) 땅 속으로 꺼져버리고 싶
을 텐데.

젊은 남자 그럼 내일 로프하이머 집에서 만나, 잘 됐네.

젊은 부인 안 돼, 안 돼 …… 난 거절 하는 거야, 분명하게 –.

젊은 남자 그럼 모레 …… 여기서.

젊은 부인 무슨 생각 하는 거야?

젊은 남자 여섯 시에 …….

젊은 부인 여기 모퉁이에 마차들이 서있지, 그렇지?

젊은 남자 응, 원하는 만큼 얼마든지 있어. 그럼 여기서 모레 여섯 시
야. 그러겠다고 말해, 사랑하는 내 사랑.

젊은 부인 ……그건 내일 코티용 출 때 얘기 해.

젊은 남자 (그녀를 껴안는다.) 나의 천사.

---

* 18세기 초 프랑스에서 시작된 4쌍의 남녀가 함께 추는 춤으로 보통 폴카와 같이 4분의
2 박자 음악에 맞춰 춘다.

젊은 부인 내 머리 또 헝클어뜨리지 마.

젊은 남자 그럼 내일 로프하이머 집에서, 그리고 모레는 나의 팔 안에서.

젊은 부인 안녕 …….

젊은 남자 (갑자기 다시 걱정이 되어) 그런데 – 오늘 그에게 뭐라고 말할 거지 –?

젊은 부인 묻지 마 …… 묻지 마 …… 너무 끔찍해 – 내가 왜 자기를 그토록 사랑하는 건지! – 안녕. – 계단에서 사람들을 만나면 난 두들겨 맞을 거야. – 어휴 – !

젊은 남자 (그녀의 손에 다시 한 번 키스한다.)

젊은 부인 (나간다.)

젊은 남자 (혼자 남게 된다. 그런 다음 소파에 앉는다. 미소 지으며 혼잣말을 한다.) 내가 이제 정숙한 부인과 관계를 맺고 있다 이거야.

젊은 부인과 남편

아늑한 침실.

밤 열 시 반. 부인은 침대에 누워 책을 읽는다. 남편이 막 잠옷차림으로 방으로 들어선다.

젊은 부인 (쳐다보지도 않고) 일 그만 해요?

남편 응. 너무 피곤해. 그리고 또 …….

젊은 부인 뭔데요?

남편 책상에 앉아 있는데 갑자기 외로움을 느꼈소. 당신이 보고 싶어
졌소.

젊은 부인 (올려다본다.) 정말요?

남편 (침대 위의 그녀 옆에 앉는다.) 오늘은 그만 읽어요. 눈 버리겠소.

젊은 부인 (책을 덮는다.) 무슨 일 있어요?

남편 아무 것도 아니오, 자기. 나 당신에게 푹 빠졌소! 당신도 알잖아!

젊은 부인 가끔은 그걸 거의 잊어버릴 수도 있을 텐데요.

남편 가끔 잊어버려야 해.

젊은 부인 어째서요?

남편 그렇지 않으면 부부생활이 뭔가 불완전한 것이 될 수도 있으니
까. 부부생활이 …… 뭐랄까 …… 부부생활이 성스러움을 잃
게 될 지도 모르니까.

젊은 부인 오 …….

남편 내 말 믿어요. - 그게 그러니까 …… 우리가 지금까지 결혼생활
을 함께 해온 오 년 동안 서로에게 푹 빠지는 걸 가끔 잊어버리
지 않았다면 - 우리는 더 이상 푹 빠져있지 않을지도 모르오.

젊은 부인 나한테는 너무 수준이 높은 말인데요.

남편 그건 간단하오. 우리는 아마 열 번이나 열두 번의 정사를 벌여 왔지 …… 당신도 그렇게 생각하고 있지 않소?

젊은 부인 난 세어보지 않았어요.

남편 우리가 첫 번째 정사를 마지막까지 남김없이 몽땅 맛보았더라면, 내가 처음부터 당신을 향한 열정에 내 몸을 멋대로 맡겼더라면 우리 사이는 다른 수백만의 사랑하는 커플들과 똑같았을 거요. 우리는 서로 끝장났을 거란 말이오.

젊은 부인 아 …… 그런 말이로군요?

남편 내 말 믿어요 – 엠마 – 우리 결혼하고 처음 며칠 동안 나는 그렇게 될까봐 불안했소.

젊은 부인 나도 그랬어요.

남편 알겠소? 내 말이 맞지 않소? 그러기에 얼마 동안은 그저 좋은 친구관계로만 살아가는 걸 계속 반복하는 게 좋은 거요.

젊은 부인 아 그렇군요.

남편 그래서 우리가 계속하여 새로운 밀월을 함께해나갈 수 있는 거고, 내가 내버려 두지 않기에 밀월은 …….

젊은 부인 몇 달 간 늘어난다는 거지요.

남편 맞소.

젊은 부인 그럼 지금은 …… 다시 친구관계의 시기가 끝나가는 것 같은데요 –?

남편 (다정하게 그녀를 끌어당기며) 그런 것 같소.

젊은 부인 하지만 만약 …… 내 쪽의 사정은 다르다면요.

남편 당신도 다르지 않소. 당신은 세상에서 가장 지혜롭고 가장 매혹적인 사람이오. 난 당신을 만나게 되어 몹시 행복하오.

젊은 부인 당신이 아첨할 줄도 알고, 상냥도 하시네요. - 이따금은.

남편 (침대에 눕는다.) 세상을 이리저리 좀 돌아본 남자에게는 - 자, 내 어깨에 머리를 기대요 - 세상을 돌아본 남자에게는 본질적으로 부부생활이란 것이 당신 같은 좋은 가문 출신의 젊은 여자들에게서보다 훨씬 더 비밀스런 것을 의미하오. 당신 같은 여자들은 순수하게 …… 적어도 어느 정도까지는 아무 것도 모른 채 우리에게 다가오며, 그러기에 당신 같은 여자들은 우리보다 사랑의 본질에 대해 훨씬 더 깨끗한 시각을 가지고 있소.

젊은 부인 (웃으면서) 오!

남편 틀림없소. 왜냐하면 우리는 결혼 전에 어쩔 수 없이 겪은 다양한 경험들에 의해 온통 혼란스럽고 혼탁하게 돼버렸기 때문이오. 당신들은 많이 듣고 너무 많이 알고 또한 너무 많이 읽기도 하지만 우리 남자들이 실제로 체험하는 것에 대해서는 정확하게 파악하지 못하고 있소. 사람들이 일반적으로 사랑이라고 부르는 것이 우리에게는 철저히 역겨운 것이 되고 있소. 왜 그런지는 우리와 상대한 여자들이 궁극적으로 어떤 피조물들이 었는지 생각해보면 알 거요!

젊은 부인 그래요, 어떤 여자들인데요?

남편 (그녀의 이마에 키스한다.) 여보, 당신은 이런 관계에 대해 모르고 있으니 다행인 줄 알아요. 아무튼 대개는 불쌍한 존재들이지. 우리가 그들에게 돌을 던지지는 말아야지.

젊은 부인 그런데 여보 - 그런 동정은 - 도무지 적절치 않다고 여겨지네요.

남편 (부드럽게) 그들은 동정을 받을 만하지. 당신 같은 좋은 가문 출신의 젊은 여자들은 부모의 보호 아래 조용히 자신들과의 결혼

을 갈망하는 배우자들을 기다릴 수 있지. – 그들은 대다수의
이 불쌍한 피조물들을 죄악의 품으로 몰아넣는 빈곤에 대해 알
지 못하지.

젊은 부인 모두가 그래서 몸을 파나요?

남편 그건 말하고 싶지 않소. 내가 말하는 것은 물질적 빈곤만이 아
니오. 그것 외에 – 내가 말하고 싶은 것은 – 도덕적 빈곤도 있
다는 거요. 무엇이 허용된 것이며, 특히 무엇이 고상한 것인지
에 대한 판단의 부족이 그것이오.

젊은 부인 하지만 그들이 왜 동정을 받아야 하지요? – 그들은 아주
잘 지내잖아요?

남편 여보, 당신은 유별난 견해를 갖고 있구려. 그런 존재들은 천성
적으로 점점 더 깊은 나락으로 떨어지게 되어 있다는 걸 잊어
서는 안 되오. 거기엔 멈춤이란 게 없소.

젊은 부인 (그에게 바짝 붙으며) 아마 아주 편안하게 떨어질 거예요.

남편 (불쾌해져서) 어떻게 그렇게 말할 수 있소, 엠마. 내 생각에는 당
신 같은 점잖은 여자들에게는 그렇지 않은 모든 여자들보다 더
역겨운 것은 없는 듯하구려.

젊은 부인 물론이지요, 카알, 물론이에요. 바로 그런 뜻으로 말한 거
예요. 자, 얘기 계속 해봐요. 당신이 그렇게 얘기하니 기분 좋
네요. 얘기 해봐요.

남편 뭘 말이요?

젊은 부인 그러니까 – 그 피조물들에 대해서요.

남편 도대체 무슨 생각을 하는 거요?

젊은 부인 이봐요, 당신도 알다시피 나는 이미 처음부터 당신의 젊은
시절에 대해 얘기해달라고 늘 부탁해왔어요.

남편 어째서 거기에 그렇게 관심이 많소?

젊은 부인 당신은 내 남편 아닌가요? 그리고 내가 당신의 과거에 대해 아무 것도 모른다는 건 부당한 일 아니겠어요?

남편 당신이 나를 아주 상스러운 사람으로 여기지는 않겠지만, 나는 – 됐소, 엠마 …… 이건 마치 신성모독과도 같군.

젊은 부인 그렇지만 당신이 …… 얼마나 많은 다른 여자들을 지금 나처럼 이렇게 품안에 안았을지 누가 알아요.

남편 "여자들"이라고 말하지 마오. 여자는 당신뿐이오.

젊은 부인 하지만 한 가지 질문에는 대답해야 해요 …… 그렇지 않으면 …… 그렇지 않으면 …… 밀월은 없어요.

남편 말하는 투가 원 …… 당신 생각 좀 해요, 엄마라는 걸 …… 저쪽 방에 우리 딸아이가 누워있다는 걸 …….

젊은 부인 (그에게 바짝 붙으며) 하지만 난 아들도 갖고 싶어요.

남편 엠마!

젊은 부인 아이, 그러지 마요 …… 물론 나는 당신의 아내지만 …… 조금은 …… 당신의 연인이고 싶기도 해요.

남편 당신 하고 싶은가본데 ……?

젊은 부인 그러니까 – 내 질문부터.

남편 (순응하며) 뭔데?

젊은 부인 그 중에는 – 결혼한 여자도 …… 있었나요?

남편 왜? – 무슨 뜻으로 하는 말이오?

젊은 부인 당신도 알잖아요.

남편 (조금 불안해하며) 어떻게 그런 질문을 하게 된 거요?

젊은 부인 내가 알고 싶은 건 …… 다시 말하면 – 그런 여자들이 있다는 건 …… 나도 알아요. 하지만 혹시 당신이 …….

남편 (진지하게) 당신 그런 여자를 알고 있소?

젊은 부인 아, 내가 직접적으로 아는 건 아니에요.

남편 당신 친구들 가운데 혹시 그런 여자가 있소?

젊은 부인 아, 그걸 내가 어떻게 그렇다고 분명하게 주장하거나 – 아니면 부정할 수 있어요?

남편 혹시 당신 친구들 중 누군가가 당신에게 …… 여자들끼리 있게 되면 – 온갖 것들에 대해 이야기하는 게 보통인데 – 누군가가 당신에게 털어놓은 건가 –?

젊은 부인 (흐릿하게) 아뇨.

남편 당신 친구들 중 누군가에게 의심을 두고 있는지, 그녀가 …….

젊은 부인 의심 …… 오 …… 의심.

남편 그런 것 같군.

젊은 부인 전혀 그렇지 않아요, 카알, 분명 그렇지 않아요. 곰곰이 생각해봐도 – 그렇게 여겨지는 사람은 없어요.

남편 아무도 없다고?

젊은 부인 내 친구들 중에는 없어요.

남편 약속해 줘, 엠마.

젊은 부인 뭘.

남편 아무런 흠 없이 살아가지 않는다는 의심이 조금이라도 드는 여자와는 절대로 교제하지 않겠다고.

젊은 부인 내가 그걸 꼭 약속해야 돼요?

남편 당신이 그런 여자들과 교제하려 들지는 않으리란 걸 잘 알고 있소. 그러나 우연한 일이 당신을 그렇게 만들 수도 …… 평판이 썩 좋지 않은 바로 그런 여자들이 점잖은 여자들 사회를 찾는 일은 아주 흔하다오. 한편으로는 자신을 부각시키기 위해서

고, 다른 한편으로는 틀림없는 …… 뭐랄까 …… 틀림없는 덕
성에 대한 향수로 인해서요.

젊은 부인 그렇군요.

남편 나는 내가 말한 것이 매우 정확하다고 생각하오. 덕성에 대한
향수 말이오. 왜냐하면 본래 그런 여자들은 모두가 무척 불행
하기 때문이오. 내 말 믿어도 돼요.

젊은 부인 왜 그렇지요?

남편 왜 그렇다니, 엠마? – 어떻게 그런 질문을 할 수 있소? 그런 여
자들이 어떤 삶을 살아가는지 상상해 봐요! 온통 거짓, 술책,
비천함과 위험으로 가득 차 있소.

젊은 부인 물론이지요. 당신 말이 맞아요.

남편 정말이지 – 그들은 아주 작은 행복을 얻으려 대가를 치르는 거
요 …… 아주 작은 …….

젊은 부인 즐거움이죠.

남편 즐거움이라니? 당신은 어떻게 그걸 즐거움이라 말할 수 있소?

젊은 부인 글쎄 – 뭔가 즐거운 게 틀림없이 있겠죠 –! 그렇지 않다면
그들은 그런 일 하지 않을 거예요.

남편 그건 아무 것도 아니오 …… 도취지.

젊은 부인 (곰곰이 생각하며) 도취라.

남편 아니야, 그건 도취라고도 할 수 없소. 하지만 언제나 비싼 대가
를 치르는 것은 분명하지!

젊은 부인 그럼 …… 당신도 그걸 해봤다는 거군요 – 그렇지 않아
요?

남편 그렇소, 엠마. 그건 나의 가장 슬픈 추억이지.

젊은 부인 그게 누구예요? 말해 봐요! 내가 아는 여자예요?

남편 대체 무슨 생각을 하는 거요?

젊은 부인 오래 전 일인가요? 나와 결혼하기 전에 있었던 아주 오래 된 일인가요?

남편 묻지 마오. 제발 묻지 말아요.

젊은 부인 하지만 카알!

남편 그 여자는 죽었소.

젊은 부인 정말이에요?

남편 그래 …… 우습게 들리겠지만 내가 느끼기에 그런 여자들은 모두 일찍 죽는 것 같소.

젊은 부인 그 여자를 많이 사랑했나요?

남편 사람들은 거짓말하는 여자들을 사랑하지는 않소.

젊은 부인 그럼 왜 …….

남편 도취 …….

젊은 부인 아니 그럼?

남편 그 얘기는 이제 그만 하오, 부탁이오. 모든 건 이미 오래 전에 지나간 일이오. 나는 한 여자만 사랑해왔소 - 바로 당신이지. 사람은 순수와 진실이 있는 곳에서만 사랑하는 법이오.

젊은 부인 카알!

남편 오, 당신의 이 품안이 얼마나 편안하고 아늑한 느낌이 드는지 모르겠구려. 내가 왜 당신을 어릴 적부터 알지 못했을까? 그랬다면 난 다른 여자들은 전혀 거들떠보지도 않았을 텐데.

젊은 부인 카알!

남편 그리고 당신은 아름다워! …… 아름답지! …… 오 가까이 …….

　　　　(불을 끈다.)

젊은 부인 당신 오늘 내가 무슨 생각을 했는지 알아요?

남편 무슨 생각인데, 여보?

젊은 부인 그게 …… 그게 …… 베니스.

남편 첫날밤 …….

젊은 부인 예 …… 그래서 …….

남편 뭔데 -? 말해 봐!

젊은 부인 당신 오늘 그날처럼 날 사랑했어요.

남편 그래, 그날처럼 사랑했지.

젊은 부인 아 …… 당신이 언제나 그러면 …….

남편 (그녀를 끌어안은 채) 뭐라고?

젊은 부인 나의 카알!

남편 무슨 말이오? 내가 언제나 그러면 ……

젊은 부인 그냥.

남편 도대체 무슨 말인지, 내가 언제나 그러면 ……이라니?

젊은 부인 그럼 나 또한 언제나 당신이 날 사랑한다는 걸 알 수 있을 텐데.

남편 그래. 그렇지 않아도 당신은 내가 사랑한다는 걸 알아야 되오. 남자는 언제나 사랑만 하는 사람은 아니오. 가끔은 바깥세상의 적대적인 삶 속으로 들어가 싸우기도 하고 죽기도 하는 법이지! 그걸 잊지 마오, 여보! 부부생활에는 모든 것이 때가 있지 - 그건 좋은 거고. 오 년이 지나서도 자신들의 베니스를 기억하는 사람들은 많지 않소.

젊은 부인 물론이에요!

남편 그럼 이제 …… 잘 자, 여보.

젊은 부인 잘 자요!

남편과 귀여운 소녀

리트호프의 별실. 아늑하고 적당한 우아함. 가스난로가 불타고 있다.

남편. 귀여운 소녀.

식탁 위에 식사하고 남은 것들이 보인다. 크림과자, 과일, 치즈. 와인잔들에는 헝가리산 백포도주가 들어있다.

남편 (하바나 담배를 피우며, 소파 모퉁이에 몸을 기댄다.)

귀여운 소녀 (그의 옆 안락의자에 앉아 스푼으로 크림과자에서 크림을 떠내 기분 좋게 먹는다.)

남편 맛있어?

귀여운 소녀 (아랑곳하지 않고) 오!

남편 하나 더 먹을래?

귀여운 소녀 아니요, 벌써 너무 많이 먹었어요.

남편 포도주가 비었군. (따른다.)

귀여운 소녀 아니에요 …… 여기 보세요, 아직 마시지 않고 그대로 둔 걸요.

남편 또 존댓말을 하는구나.

귀여운 소녀 그랬어요? – 아시다시피 습관이란 게 고치기 힘든 거잖아요.

남편 이봐.

귀여운 소녀 뭘요?

남편 이봐, 나한테 높여서 말하지 마. 아시다시피라고 존댓말 쓰지 마. 이리 와, 내 옆에 앉아.

귀여운 소녀 잠깐만요 …… 아직 다 안 먹었어요.

남편 (일어나서 안락의자 뒤로 가 귀여운 소녀의 머리를 자기 쪽으로 돌리면서
포옹한다.)

귀여운 소녀 아니, 뭐하는 거예요?

남편 키스하고 싶어.

귀여운 소녀 (그에게 키스한다.) 당신은 …… 오 미안, 자기는 뻔뻔스런
사람이야.

남편 이제야 그런 생각이 들어?

귀여운 소녀 아 아니, 벌써부터 그런 생각이 들었는데 …… 이미 골목
에서부터. – 당신은 틀림없이 –.

남편 '자기는 틀림없이'라고 해야지.

귀여운 소녀 자기는 틀림없이 나에 대해 뭔가 좋은 쪽으로 생각하고
있어.

남편 왜 그렇게 생각해?

귀여운 소녀 내가 곧장 당신과 함께 별실로 들어왔으니까요.

남편 그런데 곧장이라고 말할 수는 없지.

귀여운 소녀 하지만 당신은 아주 점잖게 부탁할 수도 있을 텐데요.

남편 그렇게 생각해?

귀여운 소녀 그리고 그렇게 하는 게 뭐 대단한 건가요?

남편 물론이지.

귀여운 소녀 산보를 하든지 아니면 –.

남편 산보하기에는 너무 춥지.

귀여운 소녀 물론 너무 춥더군요.

남편 하지만 여기는 기분 좋게 따뜻하지, 그렇잖아? (그는 다시 앉아서
귀여운 소녀를 팔로 휘감고 자기 옆으로 끌어당긴다.)

귀여운 소녀 (나지막하게) 글쎄요.

남편 이제 말해 봐 …… 날 일찌감치 알아봤지, 그렇지?

귀여운 소녀 물론이지요. 이미 징어 거리에서부터요.

남편 내 말은 오늘 말고. 그저께와 그그저께도 내가 널 뒤쫓아 갔던 것 말야.

귀여운 소녀 날 쫓아오는 사람은 많아요.

남편 그럴 것 같구나. 하지만 나를 알아봤느냐는 거야.

귀여운 소녀 그런데 말이죠 …… 아 …… 얼마 전에 무슨 일이 있었는 지 아세요? 내 사촌의 남편이 어둠 속에서 나를 뒤쫓아 올라왔 는데 난 줄 몰라 본 거예요.

남편 네게 말을 걸었어?

귀여운 소녀 그런데 무슨 생각하는 거예요? 모든 사람이 그쪽처럼 그 렇게 뻔뻔스럽다고 생각하세요?

남편 하지만 그런 일이 있을 수도 있지.

귀여운 소녀 물론 그럴 수도 있어요.

남편 그럼 넌 그럴 때 어떻게 하니?

귀여운 소녀 그땐 아무것도 – 아무 대답도 하지 않아요.

남편 흠 …… 그렇지만 넌 나한테는 대답했잖아.

귀여운 소녀 그래서 기분 나쁘다는 건가요?

남편 (그녀에게 격렬하게 키스한다.) 네 입술에서 슈크림 맛이 난다.

귀여운 소녀 오, 입술은 원래 달콤한 거예요.

남편 이미 많은 사람들이 네게 그렇게 말했지?

귀여운 소녀 많은 사람들이라니! 자기 또 무슨 상상을 하는 거야!

남편 자, 좀 솔직해 봐. 얼마나 많은 사람들이 그 입술에 키스했지?

귀여운 소녀 무슨 질문이 그래? 내가 그걸 말해주면 믿고 싶지 않을 텐데!

남편 왜 믿고 싶지 않을 거라는 거지?

귀여운 소녀 맞혀 봐.

남편 자, 그럼 – 하지만 화내면 안 돼?

귀여운 소녀 내가 왜 화를 내?

남편 그럼 내가 생각하기에는 …… 스무 명.

귀여운 소녀 (그에게서 떨어지며) 왜 백 명이라고 말하지 않고?

남편 내 나름대로는 정확히 추측해낸 거야.

귀여운 소녀 하지만 추측 잘 못했어.

남편 그럼 열 명.

귀여운 소녀 (기분이 상해서) 당연하겠지. 길거리에서 말을 나누고 곧장 별실로 따라 들어온 여자니!

남편 유치하게 굴지 마. 거리에서 돌아다니든 방 안에 앉아있든 …… 우리는 지금 식당에 와있는 거야. 언제라도 종업원이 들어올 수 있는 곳이지. – 여기서는 그런 것과는 정말 아무 상관도 없는데 …….

귀여운 소녀 나도 같은 생각을 했어.

남편 별실에 와 본 적 있어?

귀여운 소녀 글쎄, 솔직히 말한다면 있어.

남편 그래, 적어도 네가 솔직하다는 건 마음에 든다.

귀여운 소녀 하지만 자기가 생각하는 그런 건 아니야. 친구와 그 애 남편과 함께 올해 사육제 때 한 번 별실에 와 본 적 있어.

남편 애인과 같이 왔더라도 잘못은 아니지.

귀여운 소녀 물론 잘못은 아니겠지. 하지만 난 애인이 없어.

남편 설마 그럴 리가.

귀여운 소녀 맹세코 말하는데, 정말 없어.

남편 하지만 나더러 그걸 믿으라는 건 아니겠지 ······.

귀여운 소녀 무슨 말이야? ······ 정말 없어 – 여섯 달이 넘도록 없어.

남편 아 그래 ······ 그럼 그 전에는? 누구였지?

귀여운 소녀 왜 그렇게 호기심이 많아요?

남편 내가 호기심이 많은 건 널 사랑하기 때문이야.

귀여운 소녀 정말?

남편 물론이지. 넌 그걸 알아야 돼. 그럼 나한테 얘기해 봐. (그녀를 꼭 끌어안는다.)

귀여운 소녀 무슨 얘기를 해달라는 거야?

남편 오래 부탁하게 하지 마. 그게 누구였는지 알고 싶단 말이야.

귀여운 소녀 (웃으며) 남자인 건 확실해.

남편 그러니까 – 그러니까 – 그게 누구였냐고?

귀여운 소녀 자기와 조금은 닮았어.

남편 그래.

귀여운 소녀 자기가 그 사람과 닮아 보이지 않았더라면 –.

남편 그럼 어쨌을 건데?

귀여운 소녀 글쎄 묻지 마, 자기가 보면 ······.

남편 (수긍하며) 그럼 그래서 내가 말을 걸도록 내버려두었군.

귀여운 소녀 바로 그래서야.

남편 내가 지금 기뻐해야 할지 화를 내야 할지 정말 모르겠군.

귀여운 소녀 글쎄, 내가 자기라면 기뻐하겠네.

남편 그래.

귀여운 소녀 자기는 말할 때에도 그 사람을 생각나게 하고 ······ 누군 가를 바라보는 눈초리도 ······.

남편 도대체 그게 어떤 사람이었는데?

귀여운 소녀 아니야, 눈이 -.

남편 그 사람 이름이 뭐였지?

귀여운 소녀 아니, 그렇게 바라보지 마, 제발.

남편 (껴안는다. 길고 뜨거운 키스)

귀여운 소녀 (버둥거리며 일어서려 한다.)

남편 왜 가려고 그래?

귀여운 소녀 집에 갈 시간이야.

남편 더 있다 가.

귀여운 소녀 안 돼, 정말 집에 가야 돼. 엄마가 뭐라고 하실지 모르겠어.

남편 엄마 집에서 살아?

귀여운 소녀 당연히 엄마 집에서 살지. 어떠리라 생각했는데?

남편 그래 - 엄마 집에서. 엄마와만 함께 살아?

귀여운 소녀 그래 물론 엄마와만! 우린 다섯 남매야. 남자 둘에 또 다른 여자 둘.

남편 나한테서 그렇게 멀리 떨어져 앉지 마. 네가 큰 딸이야?

귀여운 소녀 아니, 내가 둘째 딸이야. 카티가 먼저고. 카티는 꽃가게에서 일하는데, 그 다음이 나지.

남편 넌 어디서 일해?

귀여운 소녀 난 집에 있어.

남편 늘?

귀여운 소녀 한 사람은 집에 있어야지.

남편 물론. 그런데 - 이렇게 늦게 집에 가면 엄마에게 도대체 뭐라고 말하니?

귀여운 소녀 그런 일은 드물어.

남편 예를 들어 오늘 같은 날은. 엄마가 물으시잖아?

귀여운 소녀 물론 물어보시지. 내가 아무리 조심해도 − 집에 들어가면 엄마는 깨셔.

남편 그럼 그때 엄마에게 뭐라고 말하니?

귀여운 소녀 극장에 갔었다고 하지.

남편 그럼 그걸 믿으시니?

귀여운 소녀 안 믿으실 이유가 어디 있어? 난 자주 극장에 가거든. 일요일에도 친구와 그 애 남편과 내 남동생과 함께 오페라에 갔었어.

남편 극장표는 어디서 구하니?

귀여운 소녀 남동생이 미용사거든.

남편 그래, 미용사라 …… 아, 극장미용사인가 보구나.

귀여운 소녀 뭘 그렇게 꼬치꼬치 캐물어요?

남편 그냥 재미있어서. 다른 남동생은 뭐하지?

귀여운 소녀 아직 학교 다녀. 그 앤 선생이 되겠대. 아니 …… 이런 걸 다!

남편 그리고 여동생이 또 하나 있다고 했지?

귀여운 소녀 응, 그 앤 아직 어린 철부지야. 그래서 지금도 잘 보살펴야 해. 어린 여자애들이 학교에서 얼마나 타락하는지 자기는 생각도 못 할 걸! 얼마 전엔 그 애가 미팅을 하다가 나한테 들켰다니까.

남편 뭐라고?

귀여운 소녀 그렇다니까! 맞은 편 학교에 다니는 어떤 남자애와 저녁 일곱 시 반에 슈트로치 거리에서 산보를 하고 있더라고. 그런 철부지라니!

남편 그래서 어떻게 했니?

귀여운 소녀 뭐, 몇 대 갈겨주었지.

남편 너 그렇게 엄해?

귀여운 소녀 그럼, 나 아니면 누가 그렇게 해? 언니는 가게에서 일하고, 엄마는 푸념이나 할 뿐이니 – 늘 모든 건 내 몫이라고.

남편 정말 넌 착하구나! (그녀에게 키스하며, 더 다정해진다.) 넌 내게 누군가를 떠올리게 해.

귀여운 소녀 그래 – 누굴?

남편 특정한 여자는 아니고 …… 그 시절 …… 그래, 바로 내 어린 시절을. 자, 마셔, 이 예쁜 것!

귀여운 소녀 그런데 자기 몇 살이야? …… 자기 …… 그래 …… 난 자기 이름이 뭔지도 모르고 있어.

남편 카알이야.

귀여운 소녀 이럴 수가! 이름이 카알이라고?

남편 그 남자 이름도 카알이었니?

귀여운 소녀 아니, 하지만 이건 완전히 기적이야 …… 그건 바로 – 아니, 눈이 …… 시선이 ……. (고개를 젓는다.)

남편 그런데 그가 누구였는지 – 넌 아직까지도 얘기해주지 않았어.

귀여운 소녀 그는 나쁜 사람이었어. – 그건 분명해, 그렇지 않으면 날 버리진 않았을 테니까.

남편 그 남자 많이 좋아했니?

귀여운 소녀 물론 많이 좋아했지!

남편 내 생각에 그 사람은 소위였을 것 같은데.

귀여운 소녀 아니야, 군대에서 일하지는 않아. 군대에서 그를 받아주지 않았지. 그의 아버지가 집이 있었는데 …… 그런데 그런 걸 왜 알려고 하는데?

남편 (그녀에게 키스한다.) 너 잿빛 눈이구나, 난 처음엔 검은 색이라고 생각했는데.

귀여운 소녀 그래서 별로 예쁘지 않다는 말인가?

남편 (그녀의 눈에 입맞춤한다.)

귀여운 소녀 이러지 마, 이러지 마 – 이런 거 아주 싫어 ……오 제발
– 오 이런 …… 이러지 마, 나 좀 일어나게 해 줘 ……잠깐만
이라도 …… 제발.

남편 (점점 더 다정하게) 오, 안 되지.

귀여운 소녀 제발, 카알 ……

남편 너 몇 살이니? 열여덟, 그렇지?

귀여운 소녀 열아홉 살 지났어.

남편 열아홉이라 …… 그럼 나는 –.

귀여운 소녀 서른 살 ……

남편 그보다 몇 살 더 돼. – 이 얘긴 그만 하자.

귀여운 소녀 그 사람도 내가 처음 알게 되었을 때 서른 두 살이었어.

남편 그게 언제 적 얘긴데?

귀여운 소녀 모르겠어 …… 그런데 포도주 안에 틀림없이 뭔가 들어
있었나 봐.

남편 아니, 어째서?

귀여운 소녀 내가 온통 …… 자기야 – 머릿속이 온통 빙빙 돌아.

남편 그럼 날 꼭 붙잡아. 이렇게 …… (그는 그녀를 끌어당기고 점점 더 강
한 애정표현을 하며, 그녀는 거의 저항하지 않는다.) 할 말이 있는데,
우리 귀염둥이, 우리 지금쯤은 정말 갈 수 있으면 좋겠는데.

귀여운 소녀 그래 …… 집으로.

남편 바로 집으로 가는 건 아니고 …….

귀여운 소녀 아니 무슨 말이야? …… 오 안 돼, 오 안 돼 …… 난 아무

데도 안 가, 무슨 생각 하는 거야 -.

남편 내 말 좀 들어 봐, 우리 귀염둥이, 다음번에 우리가 만나게 되면 이렇게 해서 …… (바닥에 주저앉아 머리를 그녀의 무릎 위에 놓는다.) 기분 좋다, 오, 기분 좋다.

귀여운 소녀 뭐 하는 거야? (그의 머리칼에 입맞춤한다.) 그런데 분명 포도주에 뭔가 들어 있었나 봐. - 이렇게 졸리니 …… 나 일어나지 못하면 어떡하지? 그런데, 그런데, 이봐, 그런데 카알 …… 누가 들어오기라도 하면 …… 제발 좀 …… 종업원이라도.

남편 여기는 …… 평생 가도 ……종업원은 …… 들어오지 않아 …….

—————————————————————————————————————

귀여운 소녀 (눈을 감은 채 소파 모퉁이에 몸을 기대고 앉아있다.)

남편 (담배에 불을 붙인 후 작은 방 안에서 이리저리 오간다.)

　　　(긴 침묵.)

남편 (오랫동안 귀여운 소녀를 바라보고는 혼잣말로) 도대체 어떤 여자인지 누가 알아 - 빌어먹을 …… 이렇게 빨리 …… 내가 너무 신중하지 못했어 …… 흠 …….

귀여운 소녀 (눈을 뜨지 않은 채) 포도주에 틀림없이 뭔가가 들어 있었어.

남편 아니, 왜 그러는데?

귀여운 소녀 그렇지 않다면 …….

남편 왜 모든 걸 포도주 탓으로 돌리지 ……?

귀여운 소녀 어디 있는 거야? 왜 그렇게 멀리 있어? 내 옆으로 와.

남편 (그녀에게 다가가 앉는다.)

귀여운 소녀 이제 정말로 날 좋아하는지 말해 봐.

남편 그건 너도 알다시피 …… (급히 말을 멈춘다.) 물론이지.

귀여운 소녀 그런데 …… 그건 말이지 …… 이봐, 진실을 말해줘, 포도주 안에 뭐가 들어있었지?

남편 아니, 넌 내가 …… 내가 독이라도 섞었다고 생각하니?

귀여운 소녀 그래, 이봐, 난 도무지 이해할 수가 없어. 난 그런 여자가
아닌데 …… 우리가 알게 된 건 겨우 …… 이봐, 난 그런 여자가
아닌데 …… 하늘에 맹세코, – 날 그런 여자로 생각한다면 –.

남편 그래 – 무슨 쓸데없는 걱정이야. 난 너에 대해 조금도 나쁘게
생각하지 않아. 나는 네가 날 좋아한다는 생각만 하고 있어.

귀여운 소녀 그래 …….

남편 생각해보면 젊은 사람 단 둘이서 한 방에 앉아 저녁식사를 하고
포도주를 마시는데 …… 포도주 안에 뭔가가 들어있을 아무런
이유도 없는 거지.

귀여운 소녀 그냥 그렇게 말했을 뿐이야.

남편 그래, 왜 그랬어?

귀여운 소녀 (조금 반항적으로) 부끄러웠단 말야.

남편 그건 말도 안 된다. 조금도 부끄러워할 이유가 없는데 말야. 내가
네 첫 애인을 상기시켰다고 너무 지나치게 부끄러워하는구나.

귀여운 소녀 그래.

남편 첫 애인을.

귀여운 소녀 글쎄 …….

남편 이제 다른 남자들은 어떤 사람들이었는지 알고 싶어지는데.

귀여운 소녀 아무도 없었어.

남편 그건 사실이 아니지, 그럴 리가 없어.

귀여운 소녀 이봐, 제발 나 좀 귀찮게 하지 마.

남편 담배 피울래?

귀여운 소녀 아니, 됐어.

남편 그런데 지금 몇 시지?

귀여운 소녀 글쎄?

남편 열한 시 반이야.

귀여운 소녀 그래!

남편 그런데 …… 엄마는? 엄마는 이런 일에 익숙해 있으시지, 그렇지?

귀여운 소녀 날 정말 벌써 집으로 보내려는 거야?

남편 그래, 아까 네가 직접 말했어 ─.

귀여운 소녀 그런데 자기 완전히 달라진 것 같아. 대체 내가 자기한테 뭘 했다고 그래?

남편 아니 이봐, 왜 그래, 무슨 생각 하는 거지?

귀여운 소녀 그건 오로지 자기의 눈빛 때문이었어, 맹세코, 그렇지 않았다면 자기는 오랫동안 …… 이미 많은 사람들이 나한테 함께 별실에 들어가자고 청했었어.

남편 그럼 너 …… 곧 나하고 여기 다시 올래 …… 아니면 다른 곳으로 ─.

귀여운 소녀 몰라.

남편 그건 또 무슨 뜻이야. 모른다니.

귀여운 소녀 그러니까 자기가 물어야 하잖아?

남편 그럼 언제? 내가 너에게 무엇보다 먼저 밝히고 싶은 건 내가 빈에 살고 있지 않다는 거야. 난 가끔씩만 이곳으로 와 며칠 머물지.

귀여운 소녀 아 그럼 자기는 빈 사람이 아니야?

남편 빈 사람이었지. 하지만 지금은 근교에 살아서 ……

귀여운 소녀 어딘데?

남편 아니 뭐, 어디 살든 상관없잖아.

귀여운 소녀 걱정하지 마, 거기로 찾아가지 않을 테니.

남편 아냐, 마음 내키면 찾아와도 돼. 나 그라츠에 살아.

귀여운 소녀 정말?

남편 그럼, 내 말에 뭘 그렇게 놀라?

귀여운 소녀 자기 결혼했지, 그렇지?

남편 (깜짝 놀라서) 맞아, 그걸 어떻게 알지?

귀여운 소녀 그냥 그런 생각이 들었어.

남편 넌 그래도 상관없니?

귀여운 소녀 자기가 총각이면 더 좋지. – 하지만 결혼을 했다니 –!

남편 그래, 어떻게 그런 생각이 들었는지 말해줄래?

귀여운 소녀 빈에 살지 않고 항상 시간이 있는 건 아니라고 말하는 사
람이라면 –.

남편 그게 그렇게 있을 수 없는 일은 아니지.

귀여운 소녀 난 그렇게 생각하지 않아.

남편 유부남에게 부정을 저지르도록 유혹하면서 양심의 가책도 받
지 않나 보구나?

귀여운 소녀 아 무슨 그런 말을. 분명 자기 마누라도 자기와 다르지
않게 행동할 걸.

남편 (크게 화를 내며) 야, 입 닥쳐. 그런 말은 –.

귀여운 소녀 난 자기는 마누라가 없을 걸로 생각했어.

남편 마누라가 있건 없건 – 그런 말은 하는 게 아니야. (그는 일어선다.)

귀여운 소녀 카알, 응 카알, 왜 그래? 화났어? 이봐, 난 정말 자기가
결혼 한 줄 몰랐단 말야. 그냥 그렇게 말했을 뿐이야. 자, 이리
와서 화 풀어.

남편 (몇 초 후 그녀에게 다가와서) 너희는 정말 특이한 피조물이야, 너희
들 …… 여자들이란. (그는 다시 그녀 옆에서 다정하게 손을 놀린다.)

귀여운 소녀 에이 …… 안 돼 …… 시간도 벌써 늦었고 —.

남편 이제 내 말 한 번 들어봐. 우리 진지하게 한번 얘기해보자. 난 널 또 만나고 싶다, 자주 또 만나고 싶어.

귀여운 소녀 정말?

남편 하지만 그러려면 꼭 필요한 게 …… 내가 널 믿을 수 있어야 해. 난 널 감시할 수는 없으니까.

귀여운 소녀 난 이미 나 스스로가 나를 감시하고 있어.

남편 너는 …… 그러니까, 경험이 없다고 말할 수는 없지만 — 어리고 — 또 — 남자들이란 보통 양심 없는 족속이거든.

귀여운 소녀 오 그래!

남편 내 말은 그게 도덕적 측면에서 뿐만이 아니라는 거야. — 자, 내 말 잘 이해하겠지 —.

귀여운 소녀 그래, 말해 봐, 나에 대해 어떤 생각을 하고 있는지?

남편 그러니까 — 네가 나를 좋아하고 싶다면 — 오직 나만을 — 우린 계획을 세울 수도 있지 — 비록 내가 보통은 그라츠에서 살지만. 언제든 누군가가 들이닥칠 수 있는 곳은 적절한 곳이 아니지.

귀여운 소녀 (그에게 바짝 달라붙는다.)

남편 다음번에는 …… 우리 다른 곳에서 만나자, 응?

귀여운 소녀 그래.

남편 아무 방해도 받지 않는 곳에서.

귀여운 소녀 그래.

남편 (뜨겁게 포옹한다.) 다른 것들은 집에 가면서 얘기하자. (일어나서 문을 연다.) 웨이터 …… 계산서!

귀여운 소녀와 작가

아늑한 분위기로 꾸며진 작은 방. 커튼이 방을 반쯤 어둡게 한다. 붉은 커튼. 서류와 책들이 널려 있는 커다란 책상. 벽 쪽에 피아노.

귀여운 소녀. 작가.

둘이서 막 함께 들어온다. 작가가 문을 잠근다.

작가 자, 나의 귀염둥이. (그녀에게 키스한다.)

귀여운 소녀 (모자를 쓰고 외투를 걸친 채) 아! 여긴 참 좋네요! 다만 아무 것도 보이지가 않을 뿐이네요!

작가 네 눈이 반쯤 어두운 이곳에 곧 익숙해질 거야. – 이 귀여운 눈. (그녀의 눈에 입맞춘다.)

귀여운 소녀 하지만 이 귀여운 눈이 거기에 익숙해지기엔 충분한 시간이 없는 걸요.

작가 왜지?

귀여운 소녀 난 일 분만 머무를 거기 때문이지요.

작가 모자 벗어, 응?

귀여운 소녀 일 분을 위해서요?

작가 (그녀의 모자에서 핀을 빼고 모자를 내려놓는다.) 외투도 –.

귀여운 소녀 어쩌시려고요? – 난 곧 가야 돼요.

작가 넌 푹 쉬어야 하는데! 우린 세 시간이나 걸었잖아.

귀여운 소녀 우린 타고 왔잖아요.

작가 그래, 집에 올 땐 그랬지. – 하지만 바이틀링 암 바하에서는 세 시간 동안 꼬박 돌아다녔잖아. 그러니 좀 앉아, 이 귀염둥 아 ······ 원하는 데로 가서. 여기 책상에 – 아니야, 여긴 불편

하지. 소파에 앉아. – 이렇게. (그녀를 눌러 앉힌다.) 너무 피곤하면 누워도 돼. 이렇게. (그녀를 소파에 눕힌다.) 머리는 쿠션 위에 두고.

귀여운 소녀 (웃으면서) 하지만 난 전혀 피곤하지 않은데요!

작가 그렇게 생각할 뿐이겠지. 그럼 – 졸리면 자도 돼. 나는 아주 조용히 있을 테니. 아니 자장가를 연주해줄 수도 있는데 …… 내가 만든 ……. (피아노로 간다.)

귀여운 소녀 자기가 만든?

작가 그래.

귀여운 소녀 로베르트, 난 당신이 박사인 줄 알았어요.

작가 어째서? 내가 작가라고 말했잖아.

귀여운 소녀 작가는 모두가 박사잖아요.

작가 아니야, 모두가 그렇진 않아. 예를 들면 나도 아니야. 그런데 왜 지금 그런 생각을 하게 된 거지?

귀여운 소녀 아, 당신이 지금 연주할 곡이 당신이 직접 만든 거라고 말해줬기 때문에요.

작가 그래 …… 어쩌면 그건 내가 만든 게 아닐 수도 있지. 어떻든 전혀 상관없어. 그렇지? 그걸 누가 만들었든 언제나 상관없는 일이야. 다만 그것이 아름다워야 된다는 거지 – 그렇지 않아?

귀여운 소녀 물론 …… 그건 아름다워야지요 – 그게 가장 중요하지요!

작가 내가 무슨 뜻으로 말한 지 알아?

귀여운 소녀 뭐가요?

작가 내가 방금 한 말말이야.

귀여운 소녀 (졸려하며) 그럼 물론이지요.

작가 (일어선다. 그녀에게 가서 머리를 쓰다듬는다.) 넌 한 마디도 이해하지 못했구나.

귀여운 소녀 이봐요, 난 그렇게 둔하지 않아요.

작가 넌 물론 둔해. 하지만 그래서 내가 좋아하지. 아, 너희들이 둔하면 좋은 거지. 너 같은 족속이면 좋겠다는 말이야.

귀여운 소녀 아니, 무슨 욕을 그렇게 해요?

작가 천사, 작은 천사야. 부드러운 페르시아 카펫 위에 누우니 기분 좋지, 그렇지?

귀여운 소녀 오 그래요. 그런데 피아노 계속해서 안 칠 거예요?

작가 아니, 난 네 곁에 있는 게 더 좋아. (그녀를 쓰다듬는다.)

귀여운 소녀 그런데 불 좀 켜지 않을래요?

작가 오 아니야 …… 이런 어둠이 좋지. 우린 오늘 하루 종일 햇살 속에서 목욕을 한 거나 마찬가지잖아. 우린 이를테면 이제 목욕탕에서 나와 마치 목욕가운을 두르듯 어둠을 두르고 …… (웃는다.) 아 아니지 — 달리 말해야 되는데 …… 그렇지?

귀여운 소녀 모르겠어요.

작가 (그녀에게서 조금 떨어지며) 어이쿠, 이런! (노트를 꺼내 몇 마디 적어 넣는다.)

귀여운 소녀 뭐 하는 거예요? (그를 향해 몸을 돌리며) 뭘 적는 거예요?

작가 (나지막하게) 해, 목욕, 어둠, 가운 …… 그래 …… (노트를 집어넣는다. 큰 소리로) 아무 것도 아냐 …… 이제 말해 봐, 나의 귀염둥이, 뭔가 먹거나 마시고 싶지 않아?

귀여운 소녀 목은 마르지 않아요. 하지만 뭔가 먹고 싶긴 해요.

작가 흠 …… 나는 네가 목이 말랐으면 좋겠는데. 집에 코냑은 있지만 먹을 것은 밖에서 가져와야 되거든.

귀여운 소녀 아무 거나 가져오게 하면 되잖아요?

작가 그건 어려워. 가정부는 지금은 이미 집에 없고 — 음, 기다려 —

내가 직접 가서 …… 뭐 먹고 싶지?

귀여운 소녀 그래봐야 정말 아무 소용없는 일이에요. 난 어차피 집에
　　　　가야 하니까요.

작가 에이, 그런 말이 어디 있어. 그럼 이렇게 하면 어떨까. 나가게
　　　　되면 어딘가에 가서 함께 저녁을 먹을 수 있지.

귀여운 소녀 오 안 돼요. 난 그럴 시간 없어요. 그리고 어디로 간단 말
　　　　이에요? 누군가 아는 사람이 우릴 볼 수도 있잖아요.

작가 아는 사람이 그렇게 많아?

귀여운 소녀 단 한 사람만 우릴 봐도 일은 터져요.

작가 무슨 일이 터지는데?

귀여운 소녀 생각해봐요, 엄마 귀에 무슨 말이라도 들어가면 …….

작가 아무도 우리를 볼 수 없는 곳으로 가면 되지. 방이 따로 있는 식
　　　　당도 있으니까.

귀여운 소녀 (노래하며) 맞아, 별실에서 저녁식사를!

작가 벌써 별실에 가본 적 있니?

귀여운 소녀 사실대로 말하면 – 있지요.

작가 그 행운의 남자는 누구였지?

귀여운 소녀 오, 당신이 생각하는 그런 게 아니고 …… 내 친구와 그
　　　　애 남편과 같이 갔었어요. 그들이 날 데려갔지요.

작가 그래. 날더러 그걸 믿으라고?

귀여운 소녀 안 믿어도 그만이고!

작가 (그녀 가까이에서) 너 지금 얼굴 빨개졌지? 아무 것도 안 보이네!
　　　　더 이상 네 얼굴을 구별할 수가 없구나. (손으로 그녀의 뺨을 만진
　　　　다.) 하지만 이렇게도 너를 알아볼 수 있지.

귀여운 소녀 그런데 날 다른 여자와 혼동하지 않도록 조심하세요.

작가 이상하구나, 네가 어떻게 생겼는지 더 이상 기억이 안 나.

귀여운 소녀 고마워요!

작가 (진지하게) 야, 이건 거의 섬뜩할 정도구나. 네 모습을 떠올릴 수가 없으니. ― 어떤 의미에선 내가 널 벌써 잊은 거야. ― 내가 네 목소리도 기억할 수 없다면 …… 대체 넌 어떤 사람이란 말이냐? ― 가까우면서도 먼 …… 섬뜩하다.

귀여운 소녀 아니, 대체 무슨 말을 하는 거예요?

작가 아무 것도 아냐, 나의 천사, 아무 것도. 네 입술은 어디에 …….
(그녀에게 키스한다.)

귀여운 소녀 불 좀 켜지 않을래요?

작가 싫어 …… (무척 정겨워진다.) 날 사랑하는지 말해봐.

귀여운 소녀 많이 …… 오 많이!

작가 넌 누군가를 나만큼 좋아한 적 있니?

귀여운 소녀 이미 말했잖아요, 없다고.

작가 하지만 ……. (한숨을 쉰다.)

귀여운 소녀 그건 내 신랑이었어요.

작가 네가 지금 그를 생각하지 않았으면 좋겠구나.

귀여운 소녀 아니 …… 뭐하는 거예요 …… 이봐요 …….

작가 우리가 지금 인도의 어떤 성 안에 있다는 상상을 해볼 수도 있지.

귀여운 소녀 거기 사람들은 분명 당신만큼 그렇게 나쁘지는 않을 거예요.

작가 무슨 엉뚱한 소리야! 정말이지 ― 아, 네가 나한테 어떤 존재인지 알기라도 한다면 …….

귀여운 소녀 뭐라고요?

작가 날 자꾸 밀어내지 마. 너한테 아무 짓도 안 하잖아 ― 우선은.

귀여운 소녀 그런데 코르셋 때문에 아파요.

작가 (간단하게) 벗어.

귀여운 소녀 알았어요. 하지만 그렇다고 나쁜 마음먹으면 안 돼요.

작가 그럼.

귀여운 소녀 (일어나서 어둠 속에서 코르셋을 벗는다.)

작가 (그 사이 소파에 앉아있다.) 그런데 너 내 별명이 뭔지 알고 싶지 않아?

귀여운 소녀 그래, 뭐라고 부르는데요?

작가 내 이름을 말해주는 대신 내가 나를 어떻게 부르는지를 말해주는 게 좋겠구나.

귀여운 소녀 그게 어떻게 다른데요?

작가 그러니까 작가로서의 내 이름을 말하는 거지.

귀여운 소녀 아, 그럼 실제 이름으로 글을 쓰는 게 아니군요?

작가 (그녀에게 가까이 다가간다.)

귀여운 소녀 아 …… 아니! 안 돼요.

작가 이게 무슨 향기야. 얼마나 달콤한지. (그녀의 젖가슴에 입맞춤한다.)

귀여운 소녀 속옷이 찢어지겠어요.

작가 치워 …… 치워 …… 모든 게 불필요해.

귀여운 소녀 하지만 로베르트!

작가 그럼 이제 우리들 인도의 성안으로 들어가자.

귀여운 소녀 먼저 정말 날 사랑하는지 말해줘요.

작가 난 널 사모하잖아. (그녀에게 뜨겁게 키스한다.) 난 널 사모해, 나의 귀염둥이, 나의 봄 …… 나의 …….

귀여운 소녀 로베르트 …… 로베르트 …….

작가 천국의 행복이었어 …… 내 이름은 …….

귀여운 소녀 로베르트, 오 로베르트!

작가 내 이름은 비비츠라고 해.

귀여운 소녀 왜 비비츠라고 불러요?

작가 내 이름이 비비츠가 아니고 – 내가 나를 그렇게 부르는 건데 …… 혹시 이 이름 들어본 적 없어?

귀여운 소녀 없어요.

작가 비비츠란 이름을 모른다고? 아 – 이럴 수가! 정말? 넌 그 이름을 모른다는 거지, 정말이야?

귀여운 소녀 정말이에요, 난 그 이름을 들어본 적이 없어요.

작가 넌 극장에도 안 가니?

귀여운 소녀 오, 가지요 – 최근에도 누군가와 – 그러니까 내 여자친구의 아저씨와 내 여자친구와 함께 극장 〈카발레리아〉에 가서 오페라를 보았어요.

작가 흠, 그러니까 넌 부르크극장에는 가지 않는구나.

귀여운 소녀 거기에서는 티켓을 공짜로 얻지 못하거든요.

작가 다음에는 내가 티켓을 보내주지.

귀여운 소녀 오 좋아요! 하지만 잊지 말아요! 좀 재미있는 걸로.

작가 그래 …… 재미있는 …… 슬픈 건 보러가지 않을래?

귀여운 소녀 별로요.

작가 내가 쓴 작품이라도?

귀여운 소녀 아니 – 당신이 쓴 작품이라고요? 연극작품도 쓰세요?

작가 그런데 말야, 불 좀 켜야겠다. 네가 내 애인이 된 후 아직 네 얼굴을 못 봤잖아. – 나의 천사야! (초에 불을 붙인다.)

귀여운 소녀 아이, 부끄러워요. 이불이라도 줘요.

작가 나중에! (촛불을 들고 그녀에게로 가서 오랫동안 그녀를 바라본다.)

귀여운 소녀 (손으로 얼굴을 가린다.) 저리 가요, 로베르트!

작가 너는 아름다워. 넌 아름다움 그 자체고, 넌 어쩌면 자연 그대로
며, 넌 성스러운 순진함 그 자체야.

귀여운 소녀 오 이런, 촛농이 떨어져요! 이봐요, 조심 좀 하세요!

작가 (초를 치운다.) 너는 내가 오래 전부터 찾아온 바로 그것이야. 넌
나를 사랑하고, 내가 거리의 행상일지라도 날 사랑할 테지. 그
건 기분 좋은 일이지. 너한테 고백하겠는데, 난 이 순간까지도
한 가지 의혹을 떨쳐버리지 못하고 있어. 솔직하게 말해줘, 내
가 비비츠라는 걸 알지 못했어?

귀여운 소녀 아니 이보세요, 난 당신이 내게서 뭘 원하는 건지 도무지
모르겠어요. 나는 비비츠라는 사람 전혀 몰라요.

작가 명성이란 게 뭔지! 아니야, 내가 한 말 잊어버려, 내가 말한 그
이름도 잊어버려. 나는 로베르트이고 너에게는 언제나 로베르
트란 이름으로 머무를 거야. 내가 농담을 했을 뿐이야. (가볍게)
나는 작가가 아니고, 행상이야. 그리고 저녁에는 대중가수들
과 어울려 피아노를 치지.

귀여운 소녀 어이구, 난 지금 뭐가 뭔지 모르겠어요 …… 도무지. 그
리고 왜 그렇게 사람을 뚫어지게 쳐다보는지요. 그래, 무슨 일
이예요, 무슨 일이 있는 거예요?

작가 아주 이상하구나 – 내게는 거의 없던 일인데, 나의 귀염둥이
야, 내가 눈물이 나오려 하는구나. 너는 날 깊이 감동시키지.
우리 함께 지내자, 응? 우린 서로 무척 사랑할 거야.

귀여운 소녀 그런데, 대중가수들과 함께 어울리는 게 사실이에요?

작가 그래, 하지만 더 이상은 묻지 마. 네가 날 좋아한다면 아무 것도

묻지 마. 그런데 너 몇 주 동안 온전히 시간 낼 수 있어?

귀여운 소녀 온전히 시간을 내다니요?

작가 그게, 집을 떠날 수 있어?

귀여운 소녀 말도 안 돼!! 내가 어떻게 그래요! 엄마가 뭐라고 하시겠어요? 그리고 내가 없으면 집에서는 모든 게 엉망이 될 거예요.

작가 난 너와 함께 단 둘이서 저 바깥 외딴 곳에서, 숲속에서, 자연 속에서 몇 주일을 보내는 멋진 상상을 해왔어. 자연 …… 자연 속에서. 그런 다음 어느 날 안녕하고 – 서로 어디로 가는지도 모른 채 헤어지는 거야.

귀여운 소녀 지금 벌써 작별을 얘기하는 건가! 나는 당신이 날 퍽 좋아하는 줄 알았는데.

작가 바로 그래서야 – (그녀에게 몸을 숙여 이마에 입맞춤한다.) 이 귀여운 것!

귀여운 소녀 자, 나 좀 꼭 안아줘요, 추워요.

작가 옷을 입어야 할 시간이야. 촛불 몇 개 더 켤 테니 기다려.

귀여운 소녀 (몸을 일으킨다.) 이쪽 보지 말아요.

작가 안 볼게. (창가에서) 말해봐, 귀여운 아이야, 너 행복하니?

귀여운 소녀 그게 무슨 뜻이에요?

작가 내 말은 그저 그냥 행복하냐고.

귀여운 소녀 더 좋을 수도 있겠지요.

작가 내 말을 잘못 이해하고 있구나. 너는 네 가정 사정에 대해선 이미 충분히 이야기했어. 난 네가 공주가 아니란 걸 알아. 내 말은 네가 모든 것들과의 관계를 끊는다면, 네가 혼자서 소박하게 살아간다고 느낀다면 말이야. 그럼 너는 과연 살아간다고 느끼겠니?

귀여운 소녀 됐어요, 빗 없어요?

작가 (화장대로 가서 그녀에게 빗을 주고 그녀를 바라본다.) 이럴 수가, 넌 너무도 매혹적으로 보이는구나!

귀여운 소녀 아이 …… 그러지 말아요!

작가 이봐, 좀 더 여기에 있어, 여기 그대로 있어, 내가 저녁 먹을 걸 가져와서 …….

귀여운 소녀 하지만 벌써 너무 늦었어요.

작가 아직 아홉 시도 안 됐어.

귀여운 소녀 자, 얌전히 있어요, 난 서둘러 뛰어가야 돼요.

작가 우리 그럼 언제 또 만나지?

귀여운 소녀 언제 만나고 싶은데요?

작가 내일.

귀여운 소녀 내일이 무슨 요일이지요?

작가 토요일.

귀여운 소녀 오, 그럼 난 안 돼요. 토요일엔 여동생과 함께 후견인한 테 가야 돼요.

작가 그럼 일요일 …… 흠 …… 일요일 …… 일요일에 …… 이제 네 게 좀 설명해주지. ― 난 비비츠가 아니고, 비비츠는 내 친구 야. 난 네게 그 친구를 한 번 소개해주려고 해. 그런데 일요일 에 그 친구의 작품이 공연돼. 내가 너에게 티켓을 보내주고, 공 연이 끝나면 널 극장에서 데려올게. 그 작품이 맘에 들었는지 말해줘야 해, 알았지?

귀여운 소녀 이제 또 그 비비츠 이야기로군요 ― 그 얘기만 들으면 난 완전히 헷갈려요.

작가 네가 이 작품에 대해 어떤 느낌을 받았는지를 알게 될 때 나는 비로소 너를 완전하게 알게 될 거야.

귀여운 소녀 그럼 …… 이제 다 됐어요.

작가 가자, 귀여운 것!

(그들이 나간다.)

작가와 여배우

시골의 한 여관방.

어느 봄날 저녁이다. 초원과 언덕 위로 달이 떠있다. 창문은 열려있다.

굉장한 고요함.

작가와 여배우가 들어선다. 그들이 들어서면서 작가가 손에 들고 있던 불이
꺼진다.

작가 오 …….

여배우 왜 그래?

작가 불이. 하지만 불은 필요 없지. 봐, 아주 밝잖아. 멋지네!

여배우 (손을 합장하고 갑자기 창가에 주저앉는다.)

작가 왜 그래?

여배우 (침묵한다.)

작가 (그녀를 향해) 대체 뭐하는 거야?

여배우 (화가 나서) 나 기도하는 거 안 보여?

작가 하느님을 믿어?

여배우 물론이지, 난 분별없는 불한당은 아니니까.

작가 아 그렇군!

여배우 이리 와서 무릎 꿇고 내 옆에 앉아. 정말 당신도 기도할 수 있
     어. 그런다고 손해 볼 건 없을 테니까.

작가 (그녀 옆에 무릎 꿇고 앉아 그녀를 껴안는다.)

여배우 이 불한당! – (일어선다.) 내가 누구에게 기도했는지 알아?

작가 하느님께 기도했겠지.

여배우 (크게 빈정대며) 맞아! 당신에게 기도했지.

작가 그런데 왜 창밖을 내다봤지?

여배우 날 어디로 끌고 왔는지 말해봐, 이 색마야!

작가 하지만 이봐, 그건 당신 생각이었잖아. 당신이 시골로 – 바로 이곳으로 오고 싶어 했잖아.

여배우 그럼, 내가 잘 생각한 거 아니야?

작가 물론이지. 여기는 매혹적이야. 생각해보면 빈에서 두 시간 거리 – 그리고 완전히 외딴 곳이지. 이런 좋은 곳이 어디 있어!

여배우 그래? 당신이 혹시라도 재주가 있다면 많은 시를 쓸 수도 있겠구려.

작가 여기 와본 적 있어?

여배우 내가 여기 와본 적 있냐고? 하! 난 여기서 몇 년을 살았어!

작가 누구하고?

여배우 당연히 프리츠하고.

작가 아 그렇군!

여배우 난 그 남자를 흠모해왔지!

작가 그 얘기는 나한테 이미 했었지.

여배우 부탁인데 – 내가 당신을 지루하게 하고 있다면 난 돌아갈 수도 있어!

작가 당신이 날 지루하게 한다고? …… 당신이 내게 어떤 의미인지 당신은 조금도 모르는군 …… 당신은 세상 그 자체고 …… 당신은 신성한 것이며, 천재이고 …… 당신은 …… 당신은 본질적으로 성스러운 단순함이며 …… 그래, 당신은 …… 그러나 지금 프리츠 얘기는 하지 마.

여배우 내가 잘못 생각했었나 봐! 그래!

작가 그걸 아니 다행이군.

여배우 이리 와, 나한테 키스해줘!

작가 (그녀에게 키스한다.)

여배우 이제 우리 서로 잘 자라는 인사말 해야지! 안녕, 내 사랑!

작가 그게 무슨 말이야?

여배우 음, 난 누워서 자야겠어!

작가 그래 – 그건 좋아, 하지만 잘 자라는 말을 듣고 보니 …… 나는 어디서 자야 되지?

여배우 이 집에는 분명 방이 많이 있을 거야.

작가 다른 방들은 나한테 끌리지 않아. 어떻든 이제 불을 켜야겠는데, 그렇지 않아?

여배우 그래.

작가 (침대협탁 위에 있는 불을 켠다.) 참 예쁜 방이네 …… 또한 이곳 사람들은 경건하지. 오로지 성화들뿐이고 …… 이런 사람들 가운데에서 시간을 보내는 것도 재미있을 거야 …… 그렇지만 다른 세상이지. 우리는 본래 다른 사람들에 대해선 별로 아는 게 없지.

여배우 쓸데없는 소리 그만 하고 탁자 위에 있는 핸드백이나 이리 줘.

작가 자 여기, 내 하나뿐인 그대!

여배우 (핸드백에서 액자로 된 작은 사진을 꺼내 침대협탁 위에 놓는다.)

작가 그게 뭐야?

여배우 마돈나야.

작가 항상 가지고 다녀?

여배우 이건 내 부적인 걸. 그럼 이제 가, 로베르트!

작가 무슨 농담을 그렇게 해? 내가 도와주지 않아도 돼?

여배우 괜찮아, 이제 가.

작가 그럼 언제 다시 올까?

여배우 십 분 후에.

작가 (그녀에게 키스한다.) 안녕!

여배우 어디로 가려고?

작가 창문 앞에서 왔다 갔다 할 거야. 난 밤에 밖에서 이리저리 거니는 걸 무척 좋아하거든. 그럴 때면 가장 좋은 생각들이 떠오르지. 그것도 당신 가까이에서, 당신을 향한 그리움의 입김에 감싸여 …… 당신의 예술 속에서 작품을 엮어나가면서.

여배우 당신 말하는 게 꼭 멍청이 같은데 …….

작가 (고통스럽게) 시인 같다고 말할 여자들도 있는데.

여배우 이제 정말 가. 하지만 여종업원에게 작업 걸지는 마.

작가 (나간다.)

여배우 (옷을 벗는다. 그녀는 작가가 나무계단으로 내려가는 소리를 듣는다. 그리고 이제 창문 아래에서 들리는 그의 발걸음 소리를 듣는다. 그녀는 옷을 벗자마자 창가로 가서 아래를 내려다본다. 작가가 거기에 서있다. 그녀는 아래를 향해 속삭이듯 부른다.) 이리 올라와!

작가 (재빨리 올라간다. 그 사이 침대에 누워 불을 끈 그녀에게 돌진해간다. 그는 문을 잠근다.)

여배우 자, 이제 내 옆에 앉아서 얘기 좀 해줘.

작가 (침대 위 그녀에게로 가 앉는다.) 창문 닫아야 되지 않아? 춥지 않아?

여배우 오, 괜찮아!

작가 무슨 얘기를 해달라는 거야?

여배우 음, 지금 이 순간 당신은 누구를 배반하고 있는 거지?

작가 유감스럽게도 아직 그런 사람 없어.

여배우 자, 괜찮아, 나도 누군가를 속이고 있으니까.

작가 그럴 수 있지.

여배우 그런데 누구라고 생각해?

작가 글쎄, 자기야, 나는 모르겠는데.

여배우 그럼 알아 맞춰봐.

작가 잠깐만 …… 글쎄, 당신의 단장이로군.

여배우 자기야, 난 합창단원이 아니야.

작가 그저 그렇게 생각했을 뿐이야.

여배우 다시 한 번 맞춰봐.

작가 그럼 당신이 속이고 있는 사람은 당신 동료인 …… 베노로군.

여배우 하! 그 남자는 전혀 여자를 좋아하지 않는데 …… 당신 그거
　　　모르고 있어요? 그 남자 우편배달부와 관계를 맺고 있는 거!

작가 그게 가능한 일인지 −!

여배우 이제 나한테 키스나 해줘!

작가 (그녀를 끌어안는다.)

여배우 아니 뭐하는 거야?

작가 나 좀 그렇게 괴롭히지 마.

여배우 이봐, 로베르트, 한 가지 제안을 할게. 침대로 와서 내 옆에
　　　누워.

작가 그러지!

여배우 빨리 와, 빨리 와!

작가 그래 …… 마음 같아서는 내가 벌써 …… 당신 들리지 …….

여배우 뭐가?

작가 밖에서 귀뚜라미가 울고 있어.

여배우 당신 돌았나 봐, 이봐, 여기는 귀뚜라미가 없어.

작가 하지만 당신은 그 소리를 듣고 있어.

여배우 자, 그럼 이리 와, 제발!

작가 나 여기 있잖아. (그녀에게 향한다.)

여배우 자, 이제 조용히 누워있어 …… 쉿 …… 움직이지 말고.

작가 아니, 무슨 생각을 하고 있는 거야?

여배우 나하고 관계하고 싶지?

작가 그건 당신이 이미 잘 알고 있을 텐데.

여배우 그래, 많은 사람들이 그러고 싶어 하지 …….

작가 하지만 내가 지금 이 순간 가장 많은 기회를 가지고 있다는 건 의심의 여지가 없지.

여배우 그럼 이리 와, 나의 귀뚜라미! 이제부터 당신을 귀뚜라미로 부를 거야.

작가 좋아…….

여배우 자, 내가 누구를 속이고 있을까?

작가 누구를? …… 어쩌면 나를 …….

여배우 이봐, 당신 머리가 심하게 고장 났어.

작가 아니면 어떤 …… 당신이 본 적도 없는 …… 당신이 알지도 못하는 남자를 – 당신에게 정해져있지만 결코 당신이 찾을 수 없는 남자를 …….

여배우 부탁하는데, 그런 동화 같은 엉뚱한 얘기 그만 해.

작가 …… 그게 특별한 일은 아니지 …… 당신 또한 – 그리고 믿어야 되겠지. 하지만 아니야, 마음만 먹으면 당신에게서 최고의 것을 빼앗는 건데 …… 자, 이리 와– – 어서 –.

여배우 형편없는 작품을 연기하는 것보다 이게 더 좋은데 …… 당신 생각은?

작가 글쎄, 나는 당신이 이따금 괜찮은 작품을 연기하는 것도 좋겠다는 생각인데.

여배우 이 건방진 위인이 또 자기 작품을 들먹거리는 거야?

작가 그래!

여배우 (진지하게) 그건 훌륭한 작품이지!

작가 그래서!

여배우 그래, 당신은 위대한 천재야, 로베르트!

작가 이번 기회에 당신이 그저께 왜 거절했는지 말해 줘. 당신한테 전혀 아무 일도 없었잖아.

여배우 당신을 화나게 하려고 그랬어.

작가 그래, 도대체 왜? 내가 무슨 짓을 했다고?

여배우 당신은 건방졌어.

작가 무슨 말이야?

여배우 극장 사람들 모두가 그렇게 생각해.

작가 그렇군.

여배우 하지만 난 그들에게 말해줬지. 그 남자는 건방질 권리가 있다고.

작가 그래서 다른 사람들이 뭐라고 대답했는데?

여배우 그 사람들이 내게 무슨 대답을 했겠어? 난 아무하고도 말을 나누지 않는데.

작가 아, 그렇군.

여배우 그들은 모두 나를 독살시키고 싶어 할 거야. 하지만 성공하지는 못할 거야.

작가 지금은 다른 사람들 생각하지 마. 우리가 여기에 있다는 걸 기뻐하고, 나를 사랑한다고 말해줘.

여배우 증거가 더 필요해?

작가 이건 증거로 될 수 있는 일이 아니지.

여배우 그 말 참 대단하네! 원하는 게 또 뭔데?

작가 얼마나 많은 사람들에게 이런 식으로 증명하려고 했는지 ……
　　　 모두를 사랑했어?

여배우 오, 아니야. 사랑한 건 단 한 사람뿐이야.

작가 (그녀를 끌어안는다.) 나의 …….

여배우 프리츠.

작가 난 로베르트야. 지금 프리츠를 생각하다니 도대체 난 당신에게
　　　 뭐야?

여배우 당신은 기분이지.

작가 내가 그걸 알게 되어 다행이군.

여배우 말해봐, 당신 우쭐대고 싶지 않아?

작가 그래, 내가 뭣 때문에 우쭐대야 하는데?

여배우 난 그럴만한 이유가 있다고 생각하는데.

작가 아하, 그것 때문에.

여배우 그래, 그것 때문에. 내 창백한 귀뚜라미야! 그런데 찌르륵 소
　　　 리 마음에 들어? 아직도 찌르륵거리고 있나?

작가 쉬지 않고 우는데. 들리지 않아?

여배우 물론 들려. 하지만 그건 개구리소리야, 이 사람아.

작가 틀렸어. 개구리는 개굴거리지.

여배우 물론 그것들은 개굴거리지.

작가 하지만 이봐, 여기서는 아니야, 여기서는 찌르륵거려.

여배우 당신은 내가 만난 사람들 중 가장 지독한 고집불통이야. 뽀뽀
　　　 나 해줘, 나의 개구리!

작가 제발 나를 그렇게 부르지 마. 날 곧장 화나게 하니까.

여배우 그럼 뭐라고 부를까?

작가 난 이름이 있어. 로베르트라고.

여배우 아하, 그건 너무 투박해.

작가 부탁하는데 내 이름 그대로 불러줘.

여배우 그럼 로베르트, 나한테 뽀뽀해줘 …… 아! (그녀가 그에게 키스한다.) 이제 만족해, 개구리? 하하하하.

작가 나 담배 한 대 피워도 되겠어?

여배우 나도 한 대 줘.

   (그는 침대협탁에서 담뱃갑을 집어 담배 두 개비에 불을 붙인 다음 한 개비를 그녀에게 준다.)

여배우 당신은 어제 내가 한 연기에 대해 아직 한 마디도 하지 않았어.

작가 어떤 연기?

여배우 글쎄.

작가 아, 그래. 난 극장에 가지 않았어.

여배우 농담도 즐겨 하네.

작가 농담 아니야. 나는 당신이 그저께 거절한 후 어제도 충분한 기력을 회복하지 않았으리라 여기고 극장가는 걸 포기했던 거야.

여배우 당신은 많은 걸 놓쳤을 걸.

작가 그런가.

여배우 대단한 열광이었어. 사람들 얼굴이 새하얘질 정도였지.

작가 당신이 그런 걸 분명히 보았어?

여배우 베노가 말했어. "이봐, 너는 마치 여신처럼 연기했어."라고.

작가 흠! …… 그런데 그제는 몹시 아팠다면서.

여배우 그래, 아팠어. 왜 아팠는지 알아? 당신에 대한 그리움으로.

작가 아까는 나를 화나게 해주려 했고, 그래서 거절했다고 말했잖아.

여배우 하지만 당신에 대한 나의 사랑에 대해 당신이 뭘 알아. 당신은 모든 것에 냉담하잖아. 그런데 난 벌써 여러 날 밤을 고열에 시달렸어. 사십 도!

작가 기분치고는 꽤 높은 열이었군.

여배우 그게 기분이라고? 난 당신에 대한 사랑으로 죽을 지경인데, 당신은 그걸 기분이라고 -?

작가 그럼 프리츠는 ……?

여배우 프리츠? …… 그 갈레선 노예에 대해선 얘기하지 마 -!

여배우와 백작

여배우의 침실. 화려하게 꾸며져 있다. 낮 열두 시. 블라인드는 아직 내려져 있다. 침대협탁 위에서는 양초 한 개가 타고 있고, 여배우는 아직 천장 달린 침대에 누워있다. 이불 위에는 여러 신문들이 놓여있다.

백작이 경기병대장의 복장으로 들어선다. 그는 문 옆에 멈춰 선다.

여배우 아, 백작님.

백작 어머니께서 허락을 하셨지요. 그렇지 않으면 나는 못 들어올지
      도 ……

여배우 좀 더 가까이 오세요.

백작 손에 입 맞출게요. 미안해요. — 거리에 있다가 들어오면 ……
      안에서는 아무 것도 보이지가 않아서. 그래서 …… 우리가 가
      까이 있는 것 같구려. (침대 옆에서) 손에 입 맞출게요.

여배우 앉으세요, 백작님.

백작 어머니께서 아가씨의 몸 상태가 안 좋다고 말씀하시던데 ……
      심각한 건 아니길 바라오.

여배우 심각한 게 아니라고요? 죽을 뻔했는데요!

백작 이런, 어떻게 그런 일이 있을 수가?

여배우 백작님께서 이렇게 찾아주시니 어쨌든 대단히 감사합니다.

백작 죽을 뻔하다니! 어제 저녁만 해도 여신처럼 연기를 했잖아요.

여배우 굉장한 승리였지요.

백작 대단했지! 사람들이 모두 열광했지요. 나는 두말할 것도 없고.

여배우 예쁜 꽃 감사합니다.

백작 천만에요, 아가씨.

여배우 (창가의 작은 탁자에 놓인 커다란 꽃바구니를 눈으로 가리키며) 저기
　　　　있어요.

백작 당신은 어제 정말이지 꽃과 화환으로 뒤덮였어요.

여배우 그것들 모두 아직 제 분장실에 있어요. 백작님이 주신 꽃바구
　　　　니만 집으로 가져왔지요.

백작 (그녀의 손에 입맞춤한다.) 그렇다니 고맙소.

여배우 (갑자기 그의 손을 붙들고 입맞춤한다.)

백작 하지만 아가씨.

여배우 놀라지 마세요, 백작님, 전혀 부담감 느끼지 않으셔도 돼요.

백작 당신은 특이한 인물이오 …… 수수께끼 같다고나 할까. (침묵)

여배우 비르켄 양과는 쉽게 해결할 수 있나 보군요.

백작 예, 그 조그만 비르켄 양은 문제가 안 되오. 비록 …… 내가 그
　　　　아가씨를 피상적으로밖에 모르지만.

여배우 하!

백작 내 말 믿으세요. 당신이 문제요. 난 늘 당신을 동경해왔소. 어제
　　　　당신이 …… 연기하는 것을 처음으로 보면서 정말 대단한 기쁨
　　　　이 솟구쳤다오.

여배우 그럴 수도 있나요?

백작 그럼요. 이봐요, 아가씨, 극장에 가는 건 힘든 일이지요. 나는
　　　　저녁을 늦게 먹는 습관이 있어서 …… 극장에 가면 핵심장면은
　　　　이미 지나가버린 다음이라오. 그렇지 않소?

여배우 그럼 이제부터는 저녁을 더 일찍 드셔야겠네요.

백작 예, 나도 이미 그럴 생각을 해봤습니다. 아니면 아예 저녁을 먹
　　　　지 않든가. 저녁 먹는 건 정말 즐거운 일은 아니지요.

여배우 백작님처럼 젊은이 같은 노인이 알고 계시는 즐거움은 어떤

건가요?

백작 나도 이따금 스스로에게 그걸 묻지요! 하지만 나는 노인이 아닙니다. 노인으로 불리는 데에는 분명 다른 이유가 있을 겁니다.

여배우 그렇게 생각하세요?

백작 예. 예를 들면 룰루란 녀석은 나보고 철학자라고 말해요. 글쎄, 아가씨, 룰루 말로는 내가 생각을 너무 많이 한다는군요.

여배우 그렇지요 …… 생각한다는 것, 그건 불행이지요.

백작 나는 시간이 너무 많아요, 그래서 생각을 깊이 하지요. 이봐요, 아가씨, 나는 빈으로 옮겨가면 좋겠다고 생각해왔어요. 거기에는 오락거리도 있고 자극도 있지요. 그러나 근본적으로는 저 위쪽이나 다를 게 없지요.

여배우 저 위쪽이 어딘데요?

백작 아, 저 아래쪽이로군요, 아가씨. 내가 대부분 근무해 온 헝가리의 그 기지 말입니다.

여배우 그런데 헝가리에서는 무슨 일 하셨나요?

백작 아, 아가씨, 내가 말했듯이 복무를 했지요.

여배우 그럼 왜 그렇게 헝가리에 오래 머무셨나요?

백작 뭐, 그렇게 됐지요.

여배우 거기서는 틀림없이 미쳐버릴 거예요.

백작 어째서요? 여기보다 할 일이 더 많아요. 이봐요, 아가씨, 신병 훈련시키고, 군마 몰고 …… 그런데 그 지역이 사람들이 흔히 말하는 것처럼 그렇게 나쁘지는 않아요. 거기는 아주 아름다운 곳으로 저지대 평원이고 ― 그리고 해가 지는 광경도 있고. 내가 화가가 아닌 게 유감스러운데, 이따금 내가 화가였다면 그걸 그릴 수 있을 거라고 생각했지요. 우리 연대에 그림을 그릴 줄 아는 사람이 하나 있었는데, 바로 젊은 스프라니였지요. 그런데 내가 왜 이런 재미없는 얘기를 하는지 모르겠군요, 아가씨.

여배우 오, 괜찮아요. 무척 재미있는 걸요.

백작 이봐요, 아가씨, 당신과 얘기를 나눌 수 있다고 룰루가 내게 말했지요. 그리고 그건 그다지 흔한 일이 아니지요.

여배우 당연하지요, 헝가리에서는.

백작 하지만 빈에서도 마찬가지지요! 사람들은 어디서나 똑같아요. 사람들이 더 많은 곳에서는 밀려드는 규모만 더 크다는 것, 차이는 그뿐이지요. 아가씨, 사람들을 정말 좋아하세요?

여배우 좋아한다 −? 나는 사람들을 증오해요! 난 아무도 볼 수 없어요! 나는 누군가를 보지도 않아요. 나는 언제나 혼자이고, 이 집에는 아무도 발을 들여놓지 않아요.

백작 이봐요, 난 당신이 어쩔 수 없이 인간혐오자일 거라고 생각했어요. 예술을 하다보면 그런 상태는 종종 생길 수밖에 없지요. 좀 더 고상한 영역에서는 …… 그런데 당신은 괜찮아요, 적어도 당신은 왜 사는지는 알고 있으니까!

여배우 누가 그렇게 말하던가요? 난 내가 왜 사는지 모르겠는데!

백작 아 그건, 아가씨는 − 유명하고 − 환호를 받으니 −.

여배우 어쩌면 그게 행복일까요?

백작 행복이요? 이봐요, 아가씨, 행복은 존재하지 않아요. 사람들의 입에 가장 많이 오르내리는 바로 그런 것들은 절대로 존재하지 않는데 …… 사랑을 예로 들 수 있지요. 사랑도 바로 그런 것입니다.

여배우 백작님 말이 옳아요.

백작 향락 …… 도취 …… 그래요, 이런 것에는 더 할 말이 없지요

······ 이런 건 확실한 것이니까요. 지금 나는 향락을 즐기고 ······ 맞아요, 향락을 즐기고 있지요. 아니면 푹 도취되어 있거나. 이건 확실한 것이지요. 그리고는 그건 지나가지요, 그저 지나갈 뿐이지요.

여배우 (큰 소리로) 지나간다!

백작 그러나 우리가 곧바로, 뭐라고 말해야 되나, 우리가 곧바로 순간에 헌신하지 않고, 다시 말해서 나중을 생각하거나 과거를 생각한다면 ······ 그럼 곧장 끝장나지요. 나중은 ······ 슬프고 ······ 과거는 불확실해요 ······ 한마디로 말하면 ······ 혼란스러워질 뿐입니다. 내 말이 맞지 않나요?

여배우 (커다란 눈을 하고 고개를 끄덕인다.) 의미를 제대로 파악하셨군요.

백작 그리고 이봐요, 아가씨, 그렇다는 게 분명해지면 빈에 살든 푸스타나 슈타이나망어에 살든 전혀 상관없지요. 그럼 예를 들어 ······ 모자를 어디에 놓을까요? 그래, 고마워요 ······ 우리가 무슨 얘기를 했었지요?

여배우 슈타이나망어에 대해서요.

백작 맞아요. 그러니까 내가 말한 대로 차이는 크지 않아요. 내가 저녁에 카지노에 앉아있든 클럽에 앉아있든 모든 건 똑같다는 겁니다.

여배우 그럼 사랑은 어떤가요?

백작 사랑을 믿는다면 한 남자를 좋아하는 한 여자는 언제나 있지요.

여배우 예를 들면 비르켄 양이군요.

백작 아가씨, 왜 늘 그 조그만 비르켄 양 얘기를 꺼내는지 알 수가 없구려.

여배우 백작님의 애인이잖아요.

백작 누가 그래요?

여배우 모든 사람이 다 알고 있는 걸요.

백작 나만 모르고 있으니 이상하군요.

여배우 그 여자 때문에 결투를 벌이셨잖아요!

백작 아마 내가 총에 맞아 죽어서 그걸 전혀 몰랐나 보군요.

여배우 자, 백작님, 백작님은 신사이시죠. 더 가까이 앉으세요.

백작 외람되지만 앉겠습니다.

여배우 이쪽으로요. (그녀는 백작을 자신에게 끌어당기고 손으로 그의 머리 칼을 쓸어 넘긴다.) 백작님이 오늘 오실 줄 알았어요!

백작 그걸 어떻게?

여배우 이미 어제 극장에서 알았는걸요.

백작 그럼 무대에서 나를 보았나요?

여배우 물론이죠! 저는 오로지 백작님만을 위해 연기한다는 걸 알아 채지 못하셨어요?

백작 어떻게 그럴 수가 있소?

여배우 저는 백작님이 맨 앞줄에 앉아계신 걸 보고 그대로 날아갔지 요!

백작 날아가? 나 때문에? 난 당신이 날 알아보리라고는 생각도 못했 는데!

여배우 백작님의 그 고상한 자태는 사람을 절망시킬 수도 있어요.

백작 예, 아가씨 ······.

여배우 "예, 아가씨"! ······ 그러니 그 칼만이라도 풀어놓으시지요.

백작 그래도 좋다면. (칼을 풀어 침대 옆에 세워놓는다.)

여배우 그럼 이제 키스해주세요.

백작 (그녀에게 키스하고, 그녀는 그를 놓아주지 않는다.)

여배우 당신을 쳐다보지 않는 게 더 좋을 것 같아요.

백작 그게 더 나을 거요.

여배우 백작님, 당신은 거드름쟁이예요!

백작 내가 – 왜지요?

여배우 생각해보세요, 많은 사람들이 당신의 위치에 있다면 얼마나 행복할까!

백작 나는 아주 행복하오.

여배우 글쎄요, 저는 행복은 없다고 생각했어요. 저를 왜 그렇게 쳐다보세요? 저를 두려워하시는 것 같군요, 백작님!

백작 그렇소, 아가씨, 당신은 문제덩이요.

여배우 아, 당신의 그 철학으로 날 골치 아프게 하지 말고 …… 내 곁으로 오세요. 이제 나한테 뭔가를 부탁하세요 …… 당신이 원하는 건 모두 가질 수 있으니까. 당신은 너무 멋져요.

백작 그럼 허락해 주시지요. (그녀의 손에 입맞춤하며) 제가 오늘 저녁 다시 올 수 있도록.

여배우 오늘 저녁엔 …… 극장에 출연해야 하는데요.

백작 연극 끝난 후에요.

여배우 다른 부탁은 없으세요?

백작 다른 건 모두 연극이 끝난 후에 부탁하겠소.

여배우 (마음이 상해서) 그때는 부탁하기가 힘들 텐데요, 불쌍한 거드름쟁이 양반.

백작 자, 이봐요, 아니 이봐, 우리는 지금까지 서로 아주 솔직했었지 …… 나는 저녁에 연극이 끝난 후가 모든 면에서 훨씬 더 좋다고 생각하는데 …… 언제든 문이 열릴 것 같은 느낌이 드는 지금 여기보다 더 아늑하고 …….

여배우 문은 밖에서는 열리지 않아요.

백작 이봐, 난 아주 좋을 수도 있을 것을 경솔하게 처음부터 망쳐버려서는 안 된다고 생각해.

여배우 그럴 수도 ……!

백작 사실대로 말하자면 나는 이른 시간에 나누는 사랑은 혐오스럽게 여겨져.

여배우 이제 보니 - 당신은 내가 떠올릴 수 있는 것들 중 가장 엉뚱한 것이군요!

백작 나는 일반적인 여자들에 대해 말하는 게 아니야 …… 보통은 아무래도 상관없지. 하지만 당신 같은 여자들은 …… 그래, 날 더러 백번 바보라고 말해도 좋아. 하지만 당신 같은 여자들은 …… 아침식사 전에 취할 수는 없지. 그래서 …… 자 …… 그래서 …….

여배우 어머나, 귀엽기도 하셔라!

백작 내가 무슨 말을 하는지 잘 알아듣는군. 나한테 이런 생각이 드는데 -.

여배우 어떤 생각이 든다는 거예요?

백작 내 생각에는 …… 연극이 끝 난 후 마차 안에서 당신을 기다렸다가 함께 어디론가 저녁식사를 하러 가는 거야 -.

여배우 난 비르켄 양이 아니에요.

백작 나는 그런 말을 한 게 아니야. 나는 그저 모든 것에는 분위기가 있다는 생각이야. 나는 항상 저녁식사 때 분위기에 젖는데. 가장 좋은 건 저녁식사를 끝내고 함께 집으로 가서, 그런 다음 …….

여배우 그런 다음 뭐지요?

백작 그런 다음에는 …… 일을 진척시켜나가기 나름이지.

여배우 좀 더 가까이 와 앉아요. 가까이.

백작 (침대 위에 앉으며) 쿠션에서 무슨 향기가 …… 이건 레세다* 향인
　　　데 – 그렇지 않아?

여배우 여기는 무척 덥네요, 그렇지 않아요?

백작 (몸을 굽혀 그녀의 목에 키스한다.)

여배우 오, 백작님, 이건 백작님의 계획에 어긋나는 건데요.

백작 누가 그런 말을 해? 난 계획 없어.

여배우 (그를 끌어당긴다.)

백작 정말 덥군.

여배우 그러세요? 밤처럼 어둡기도 하고 …… (그를 마구 끌어당긴다.)
　　　저녁이지요 …… 밤이지요 …… 너무 밝으면 눈을 감아요. 자!
　　　…… 자 ……!

백작 (더 이상 저항하지 않는다.)

여배우 자, 이제 기분이 어때요, 거드름쟁이 양반?

백작 당신은 작은 악마야.

여배우 무슨 표현이 그래요?

백작 아, 천사라는 말이지.

여배우 당신은 배우가 되면 좋을 텐데! 정말로! 당신은 여자를 잘 알
　　　지! 내가 이제 뭘 하려는지 알아요?

백작 글쎄?

여배우 당신을 다시는 만나지 않겠다고 말할 거예요.

백작 어째서?

---
* 식물의 일종으로 과거 유럽에서 노란색 염료를 만드는 데 많이 이용 했음.

여배우 안 돼, 안 돼! 당신은 내겐 너무 위험해! 당신은 여자를 미치게 만드니까. 이제 당신은 돌연 아무 일도 없었다는 듯 내 앞에 서있군요.

백작 하지만 …….

여배우 백작님, 내가 방금 당신의 애인이었다는 걸 기억해주기 바래요.

백작 난 결코 잊지 않으리다!

여배우 그런데 오늘 저녁엔 어떠세요?

백작 무슨 뜻으로 하는 말이지?

여배우 그건 – 연극 끝나고 날 기다리겠다고 했잖아요?

백작 그래, 좋지, 예를 들면 모레.

여배우 모레가 뭐예요? 오늘 얘기였어요.

백작 그건 별로 의미가 없을 텐데.

여배우 이 노인네가!

백작 나를 제대로 이해하지 못하고 있군. 내가 말하는 건 좀 더 많은 것, 뭐라고 말해야 될까, 영혼과 관련된 것이야.

여배우 당신의 영혼이 나와 무슨 상관있어요?

백작 내 말 믿어, 영혼도 거기에 속하는 거지. 난 그걸 따로 분리한다는 건 잘못된 생각이라고 봐.

여배우 당신의 철학으로 날 혼란하게 하지 말아요. 철학을 갖고 싶으면 책을 읽겠으니.

백작 책에서는 결코 배우지 못해.

여배우 그건 맞는 말일 수도 있죠! 그러므로 당신은 오늘 저녁 나를 기다려야 해요. 영혼 때문에 우리가 의견의 일치를 보는 거군요, 이 불한당 양반!

백작 그럼 당신이 좋다면 난 내 마차를 타고 …….

여배우 여기 내 집에서 날 기다려요 −.

백작 ……연극이 끝난 후.

여배우 물론이지요.

　　　　(백작은 칼을 찬다.)

여배우 뭐하는 거예요?

백작 이제 가야 할 시간인 것 같군. 예방치고는 좀 오래 머물렀던 것
　　　　같아.

여배우 그런데 오늘 저녁에는 예방이 되어서는 안 돼요.

백작 그렇게 생각해?

여배우 저녁 일은 내게 맡겨 두세요. 이제 키스나 해줘요, 내 작은 철
　　　　학자. 그래, 이 유혹자, 이 …… 귀여운 아이, 영혼 파는 남자,
　　　　스컹크, 이 …… (그에게 몇 차례 격렬하게 키스한 다음 그를 세차게
　　　　밀쳐낸다.) 백작님, 제겐 대단한 영광이었습니다!

백작 손에 키스해줄게, 아가씨! (문 옆에서) 안녕.

여배우 잘 가, 슈타이너망어!

백작과 창녀

아침, 여섯시 경.

초라한 방. 하나뿐인 창에 누르스름하고 더러운 블라인드가 내려져 있다. 헤진 녹색 커튼. 옷장 한 개가 있고, 그 위에 몇 장의 사진과 눈에 띄게 촌스러운 싸구려 여자모자가 놓여있다. 거울 뒤에는 값싼 일본 부채들. 불그스레한 탁자보로 덮인 탁자 위에는 희미하게 가물거리며 불타고 있는 석유램프가 놓여있다. 종이로 된 노란 램프 갓 옆에 마시다 남은 맥주가 들어있는 항아리와 반쯤 빈 유리잔. 침대 옆 바닥에는 막 급히 벗어던져버린 듯한 여자 옷들이 흐트러져 있다. 침대에서는 창녀가 누워 잠자고 있다. 그녀는 조용히 숨을 쉰다. 소파 위에는 옷을 완전하게 차려입은 백작이 주름 잡힌 외투를 걸친 채 누워있다. 모자는 소파 머리 쪽 바닥에 놓여있다.

백작 (몸을 움직이며, 눈을 비비고 재빨리 일어나 앉아서 주변을 둘러본다.) 그런데 내가 어떻게 …… 아 그렇지 …… 그러니까 내가 정말 그 여자와 함께 집으로 …… (재빨리 일어서서 그녀의 침대를 바라본다.) 저기 바로 그 여자가 누워있어 …… 내 나이에 무슨 이런 일이 일어나다니. 생각이 나질 않는데, 사람들이 나를 위층으로 옮겼나? 아니지 …… 내 눈으로 보았어 ─ 내가 방으로 들어왔지 …… 그래 …… 그땐 아직 깨어있었거나 깨어났었어 …… 아니면 …… 아니면 그저 이 방이 뭔가를 기억나게 하는 것에 불과할까? 이런, 그래 …… 어제 내가 그걸 분명 보았는데 …… (시계를 본다.) 이런! 어제라니, 몇 시간 전이네 ─ 분명 무슨 일이 일어날 거란 걸 알았었지 …… 뭔가 느낌이 있었어 …… 어제 술을 마시기 시작할 때는, 느낌이 있었지, 뭔가 ……

그런데 무슨 일이 일어난 거지? …… 아무 일도 …… 아니면 뭔가가 ……? 이럴 수가 …… 그러니까 …… 십 년 동안 이런 일은 일어나지 않았어, 그래서 나도 모르겠는데 …… 그러니까 간단히 말하면 내가 정말 많이 취했던 거야. 언제부터 취했는지만 알아도 …… 내가 룰루와 함께 사창가 커피숍에 들어간 것은 정확하게 알겠는데 …… 아니야, 아니야 …… 우리는 커피숍 자허에서 나왔었지 …… 그러고는 곧장 길을 달려 …… 그래 맞아, 룰루와 함께 내 마차를 타고 갔는데 …… 내가 왜 이렇게 골머리를 앓고 있지. 어찌됐든 상관없는데. 앞으로 할 일에나 신경 써야지. (일어선다. 램프불이 흔들린다.) 오! (잠자고 있는 여자를 바라본다.) 정말 깊은 단잠을 자고 있군. 하지만 난 어떻게 된 건지 아무 것도 모르고 있으니 – 그렇지만 침대탁자 위에 돈은 던져주고 가야지 …… 그럼 안녕 …… (그녀 앞에 서서 오랫동안 그녀를 바라본다.) 무슨 일 하는 여자인지 몰랐다면 좋았을 텐데! (오랫동안 그녀를 관찰한다.) 많은 여자들을 알고 지내왔지만 잠잘 때 이 여자처럼 이렇게 단정하게 보인 여자는 없었지. 이런 …… 룰루는 또 내가 철학을 한다고 말하겠군. 하지만 사실이야, 잠은 모든 사람을 똑같이 만들지, 그런 생각이 들어. – 형님, 즉 죽음과도 같이 …… 흠, 내가 알고 싶은 건 오로지 …… 아니지, 그걸 기억해내야만 하는데 …… 아니야, 아니야, 나는 곧장 소파 위에 쓰러졌고 아무 일도 일어나지 않았는데 …… 가끔 모든 여자들이 비슷하게 보이는 건 믿기지 않는 일이야 …… 이제 가야지. (가려고 한다.) 아 맞지. (지갑을 들고 곧장 수표 한 장을 꺼낸다.)

창녀 (잠에서 깬다.) 아니 …… 이렇게 일찍 누구야 –? (그를 알아본다.)

안녕, 우리 아기!

백작 안녕. 잘 잤어?

창녀 (기지개를 켠다.) 아, 이리 와. 뽀뽀해줘.

백작 (그녀에게 몸을 굽혀 곰곰 생각하다가 다시 몸을 세워) 막 가려고 했는
데 ⋯⋯.

창녀 가려고?

백작 정말 갈 시간이야.

창녀 이렇게 가려고?

백작 (거의 당황하여) 그래 ⋯⋯.

창녀 그럼, 안녕. 꼭 또 와야 돼.

백작 그래, 잘 있어. 그런데 손 좀 내밀어주지 않을래?

창녀 (이불에서 손을 내민다.)

백작 (그녀의 손을 잡아 기계적으로 입맞춤하고는 그런 행동을 깨닫고 웃는다.)
공주님께 하는 것 같군. 그건 그렇고, 만약 ⋯⋯.

창녀 왜 그렇게 날 뻔히 쳐다봐?

백작 지금처럼 머리만 보면 ⋯⋯ 잠에서 깰 때 모든 여자는 순수하게
보이지. 정말이지 석유냄새만 나지 않는다면 온갖 상상을 다
할 수 있을 텐데 ⋯⋯.

창녀 그래, 항상 석유램프가 문제야.

백작 넌 대체 몇 살이니?

창녀 글쎄, 몇 살인 것 같아?

백작 스물네 살.

창녀 물론 그 정도로 보겠지.

백작 더 많아?

창녀 스무 살로 접어들어.

백작 그럼 언제부터 이 일을 ······.

창녀 이 일 한 지도 일 년 됐지!

백작 그럼 일찍 시작했구나.

창녀 너무 늦는 것보다는 이른 게 낫지.

백작 (침대 위에 앉는다.) 말해봐, 너 정말 행복하니?

창녀 뭐라고?

백작 그러니까 내 말은, 잘 지내고 있니?

창녀 오, 난 늘 잘 지내.

백작 그럼 ······ 다른 일을 할 수도 있다는 생각은 해보지 않았니?

창녀 내가 뭔 일을 해?

백작 그러니까 ······ 넌 정말로 예쁜 아가씨야. 이를테면 넌 애인이
         있을 수도 있을 텐데.

창녀 내가 애인이 없다는 뜻이야?

백작 알고 있어. 하지만 내 말은 네가 아무 남자하고나 자러 갈 필요
         가 없도록 너를 보살펴주는 그런 남자 말이야.

창녀 난 아무 남자하고나 자러 가지 않아. 다행히도 난 그럴 필요가
         없어. 난 남자를 골라서 하거든.

백작 (방 안을 둘러본다.)

창녀 (그걸 알아챈다.) 다음 달에 우리는 시내로, 슈피겔거리로 이사해.

백작 우리라고? 그게 누군데?

창녀 아, 아줌마하고 여기 살고 있는 아가씨 몇 명.

백작 여기에 그런 사람들이 살고 있구나 −

창녀 여기 옆에 ······ 들리잖아 ······ 커피숍에 있었던 바로 그 밀리야.

백작 누가 코를 고네.

창녀 바로 밀리야. 그 애는 밤 열 시까지 하루 종일 코를 골아. 그런

다음 일어나서 커피숍으로 가지.

백작 그건 끔찍스런 생활이구나.

창녀 물론이야. 아줌마가 엄청 화를 내. 난 낮 열두 시면 항상 거리에
나가 있어.

백작 열두 시에 거리에서 뭘 하는데?

창녀 하긴 뭘 하겠어? 몸 파는 거지.

백작 아 그래 …… 물론 …… (일어나서 지갑을 꺼내 수표 한 장을 침대협탁
위에 놓는다.) 잘 있어!

창녀 벌써 가려고 …… 안녕 …… 곧 또 와. (옆으로 돌아눕는다.)

백작 (다시 멈춰 선다.) 얘, 말해봐, 너한테는 모든 게 어떻든 아무 상관
없는 거니?

창녀 뭐라고?

백작 내 말은 네가 아무런 기쁨도 느끼지 못하냐는 거야.

창녀 (하품한다.) 잠 좀 더 자야겠어.

백작 너한테는 모든 게 똑같구나. 상대가 젊은 남자건 늙은 남자건,
아니면 …….

창녀 뭘 묻고 싶은 건데?

백작 ……그러니까 (갑자기 어떤 생각을 떠올리며) 그렇지, 이제야 알겠
구나, 네가 나에게 누구를 기억나게 하는지를, 그건 …….

창녀 내가 누구 닮았는데?

백작 믿기지 않아, 믿기지 않아, 제발 부탁인데 아무 말도 하지 마,
일 분만이라도 …… (그녀를 바라본다.) 똑같은 그 얼굴, 똑같은
그 얼굴이야. (갑자기 그녀의 눈에 키스한다.)

창녀 어이구 …….

백작 정말이지 유감이구나, 네가 …… 이 일만을 한다는 게 …… 넌

네 행복을 만들 수도 있을 텐데!

창녀 자기는 프란츠하고 같네.

백작 프란츠가 누군데?

창녀 아, 우리 커피숍 종업원.

백작 왜 내가 프란츠와 같은데?

창녀 프란츠도 늘 내가 행복을 만들 수 있다고 말하며 자기와 결혼해
달라고 하거든.

백작 왜 결혼하지 않는데?

창녀 고맙긴 한데 …… 결혼은 하고 싶지 않아, 그래, 어떤 경우에도.
아마 나중에는 모르지만.

백작 그 눈 …… 바로 그 눈 …… 룰루는 분명 내가 바보라고 말하고
싶을 거야 - 하지만 난 네 눈에 한 번 더 키스하고 싶은데 ……
그럼 …… 이제 잘 있어라, 나는 간다.

창녀 안녕 …….

백작 (문 옆에서) 그런데 …… 말해봐 …… 그게 전혀 이상하지 않은지
…….

창녀 도대체 뭐가?

백작 내가 너한테 아무것도 원하지 않는다는 게.

창녀 아침에는 내키지 않아 하는 남자들도 많아.

백작 그렇지 …… (혼잣말로) 너무 어리석게도 나는 그걸 원하니, 저
여자가 의아해할 텐데 …… 그럼 안녕 ……. (그는 문 옆에 있다.)
사실은 화가 나는군. 저런 여자들은 돈에만 관심이 있다고 알
고 있는데 …… 내가 무슨 말을 하는 거지 - 저런이라니 ……
저 여자가 적어도 위선을 보이지 않는 건 좋은 일인데 …… 그
건 기뻐해야 할 일인데 …… 이봐, 다음에 또 올게.

창녀 (눈을 감은 채) 좋아.

백작 언제 집에 계속 있지?

창녀 난 항상 집에 있어. 레오카디아만 찾으면 돼.

백작 레오카디아라 …… 좋아 – 그럼 잘 있어. (문 옆에서) 난 아직도 여전히 술에 취해있구나. 그러니 기분 최고인 거고 …… 난 여자 곁에 함께 있었는데도 눈에 입 맞춘 것밖에는 아무 짓도 안했어. 그 여자가 내게 누군가를 기억나게 했기 때문에 …… (그녀에게 몸을 돌려) 이봐, 레오카디아, 너에게 왔다가 이렇게 그냥 가는 남자들도 종종 있니?

창녀 어떻게?

백작 나처럼 말야.

창녀 아침에?

백작 그게 아니고 …… 너한테 왔다가 – 네게서 아무것도 원하지 않은 사람도 가끔 있었니?

창녀 아니, 그런 일은 아직 없었어.

백작 그럼 너는 어떻게 생각하니? 내가 너를 마음에 들어 하지 않는다고 생각하니?

창녀 내가 자기 마음에 안 들 이유가 어디 있어? 지난밤에도 마음에 들어 했잖아.

백작 너는 지금도 내 마음에 들어.

창녀 하지만 밤에는 날 더 마음에 들어 했어.

백작 왜 그렇게 생각하지?

창녀 아니, 그런 바보 같은 질문이 어디 있어?

백작 밤에 …… 그래, 내가 곧바로 소파에 쓰러져버렸니?

창녀 물론이지 …… 나랑 같이.

백작 너랑?

창녀 그래, 정말 모르겠어?

백작 내가 …… 우리가 함께 …… 그래 …….

창녀 하지만 자기는 곧장 잠들었지.

백작 내가 곧장 …… 그래 …… 그렇게 된 거구나 ……!

창녀 그래, 귀여운 아가. 아무 것도 기억 못하는 걸 보니 자기는 분명
완전히 취해 있었어.

백작 그래 …… ― 하지만 …… 조금은 비슷한 것 같은데 …… 잘 있
어 …… (귀를 기울인다.) 무슨 일이지?

창녀 하녀가 벌써 일어났어. 나가면서 하녀에게 좀 쥐어줘. 대문은
열려있으니 경비원은 거치지 않아도 돼.

백작 그래. (현관에서) 그러니까 …… 저 아이 눈에 입맞춤밖에 하지
않았다면 그건 잘한 일이었을 거야 …… 그건 모험과도 같은
일이었을 거야 …… 그건 정녕 나한테 주어진 일은 아니었지.
(하녀가 서 있다가 문을 연다.) 아 ― 거기 …… 잘 자요.

하녀 좋은 아침인걸요.

백작 아 물론 …… 좋은 아침 …… 좋은 아침.

〈끝〉

Reigen

Zehn Dialoge

ARTHUR SCHNITZLER

Personen

Die Dirne
Der Soldat
Das Stubenmädchen.
Der junge Herr.
Die junge Frau.
Der Ehegatte
Das süße Mädel.
Der Dichter.
Die Schauspielerin
Der Graf

Die Dirne und der Soldat.

Spät abends. An der Augartenbrücke.

Soldat *(kommt pfeifend, will nach Hause)*.
Dirne.
Komm, mein schöner Engel.
Soldat *(wendet sich um und geht wieder weiter)*.
Dirne.
Willst du nicht mit mir kommen?
Soldat.
Ah, ich bin der schöne Engel?
Dirne.
Freilich, wer denn? Geh, komm zu mir. Ich wohn' gleich in der Näh'.
Soldat.
Ich hab' keine Zeit. Ich muss in die Kasern'!
Dirne.
In die Kasern' kommst immer noch zurecht. Bei mir is besser.
Soldat *(ihr nahe)*.
Das ist schon möglich.
Dirne.
Pst. Jeden Moment kann ein Wachmann kommen.
Soldat.
Lächerlich! Wachmann! Ich hab' auch mein Seiteng'wehr!
Dirne.
Geh, komm mit.
Soldat.
Lass mich in Ruh'. Geld hab' ich eh keins.
Dirne.
Ich brauch' kein Geld.
Soldat *(bleibt stehen. Sie sind bei einer Laterne)*.
Du brauchst kein Geld? Wer bist denn du nachher?
Dirne.
Zahlen tun mir die Zivilisten. So einer wie du kann's immer umsonst bei mir
haben.
Soldat.

Du bist am End' die, von der mir der Huber erzählt hat. –

Dirne.

Ich kenn' kein' Huber nicht.

Soldat.

Du wirst schon die sein. Weißt – in dem Kaffeehaus in der Schiffgassen – von dort ist er mit dir z' Haus 'gangen.

Dirne.

Von dem Kaffeehaus bin ich schon mit gar vielen z' Haus 'gangen... oh! oh! –

Soldat.

Also gehn wir, gehn wir.

Dirne.

Was, jetzt hast's eilig?

Soldat.

Na, worauf soll'n wir noch warten? Und um zehn muss ich in der Kasern' sein.

Dirne.

Wie lang dienst denn schon?

Soldat.

Was geht denn das dich an? Wohnst weit?

Dirne.

Zehn Minuten zum gehn.

Soldat.

Das ist mir zu weit. Gib mir ein Pussel.

Dirne *(küsst ihn).*

Das ist mir eh das liebste, wenn ich einen gern hab'!

Soldat.

Mir nicht. Nein, ich geh' nicht mit dir, es ist mir zu weit.

Dirne.

Weißt was, komm morgen am Nachmittag.

Soldat.

Gut is. Gib mir deine Adresse.

Dirne.

Aber du kommst am End' nicht.

Soldat.

Wenn ich dir's sag'!

Dirne.

Du, weißt was – wenn's dir zu weit ist heut abend zu mir – da... da... *(Weist auf die Donau).*

Soldat.

Was ist das?

Dirne.

Da ist auch schön ruhig... Jetzt kommt kein Mensch.

Soldat.

Ah, das ist nicht das Rechte.

Dirne.

Bei mir is immer das Rechte. Geh, bleib jetzt bei mir. Wer weiß, ob wir morgen noch 's Leben haben.

Soldat.

So komm – aber g'schwind!

Dirne.

Gib Obacht, da ist so dunkel. Wennst ausrutschst, liegst in der Donau.

Soldat.

Wär' eh das beste.

Dirne.

Pst, so wart nur ein bissel. Gleich kommen wir zu einer Bank.

Soldat.

Kennst dich da gut aus.

Dirne.

So einen wie dich möcht' ich zum Geliebten.

Soldat.

Ich tät' dir zu viel eifern.

Dirne.

Das möcht' ich dir schon abgewöhnen.

Soldat.

Ha –

Dirne.

Nicht so laut. Manchmal is doch, dass sich ein Wachter her verirrt. Sollt man glauben, dass wir da mitten in der Wienerstadt sind?

Soldat.

Daher komm, daher.

Dirne.

Aber was fällt dir denn ein, wenn wir da ausrutschen, liegen wir im Wasser unten.

Soldat *(hat sie gepackt).*

Ah, du –

Dirne.

Halt dich nur fest an.

Soldat.

Hab kein' Angst...

Dirne.

Auf der Bank wär's schon besser gewesen.

Soldat.

Da oder da... Na, krall aufi.

Dirne.

Was laufst denn so –

Soldat.

Ich muss in die Kasern', ich komm' eh schon zu spät.

Dirne.

Geh, du, wie heißt denn?

Soldat.

Was interessiert dich denn das, wie ich heiß'?

Dirne.

Ich heiß' Leocadia.

Soldat.

Ha! – So an' Namen hab' ich auch noch nie gehört.

Dirne.

Du!

Soldat.

Na, was willst denn?

Dirne.

Geh, ein Sechserl für'n Hausmeister gib mir wenigstens! –

Soldat.

Ha!... Glaubst, ich bin deine Wurzen... Servus! Leocadia...

Dirne.

Strizzi! Fallott! –

(Er ist verschwunden).

Der Soldat und Das Stubenmädchen.

Prater. Sonntagabend.

Ein Weg, der vom Wurstelprater aus in die dunkeln Alleen führt. Hier hört man noch die wirre Musik aus dem Wurstelprater; auch die Klänge vom Fünfkreuzertanz, eine ordinäre Polka, von Bläsern gespielt.
Der Soldat. Das Stubenmädchen..

Stubenmädchen.

Jetzt sagen S' mir aber, warum S' durchaus schon haben fortgehen müssen.

Soldat *(lacht verlegen, dumm).*

Stubenmädchen.

Es ist doch so schön gewesen. Ich tanz' so gern.

Soldat *(fasst sie um die Taille).*

Stubenmädchen *(lässt's geschehen).*

Jetzt tanzen wir ja nimmer. Warum halten S' mich so fest?

Soldat.

Wie heißen S'? Kathi?

Stubenmädchen.

Ihnen ist immer eine Kathi im Kopf.

Soldat.

Ich weiß, ich weiß schon... Marie.

Stubenmädchen.

Sie, da ist aber dunkel. Ich krieg' so eine Angst.

Soldat.

Wenn ich bei Ihnen bin, brauchen S' Ihnen nicht zu fürchten. Gott sei Dank, mir sein mir!

Stubenmädchen.

Aber wohin kommen wir denn da? Da ist ja kein Mensch mehr. Kommen S', gehn wir zurück! – Und so dunkel!

Soldat *(zieht an seiner Virginierzigarre, dass das rote Ende leuchtet).*

S' wird schon lichter! Haha! Oh, du Schatzerl!

Stubenmädchen.

Ah, was machen S' denn? Wenn ich das gewusst hätt'!

Soldat.

Also der Teufel soll mich holen, wenn eine heut beim Swoboda mollerter gewesen ist als Sie, Fräul'n Marie.

Stubenmädchen.

Haben S' denn bei allen so probiert?

Soldat.

Was man so merkt, beim Tanzen. Da merkt man gar viel! Ha!

Stubenmädchen.

Aber mit der blonden mit dem schiefen Gesicht haben S' doch mehr 'tanzt als mit mir.

Soldat.

Das ist eine alte Bekannte von einem meinigen Freund.

Stubenmädchen.

Von dem Korporal mit dem aufdrehten Schnurrbart?

Soldat.

Ah nein, das ist der Zivilist gewesen, wissen S', der im Anfang am Tisch mit mir g'sessen ist, der so heis'rig red't.

Stubenmädchen.

Ah, ich weiß schon. Das ist ein kecker Mensch.

Soldat.

Hat er Ihnen was 'tan? Dem möcht' ich's zeigen! Was hat er Ihnen 'tan?

Stubenmädchen.

O nichts – ich hab nur gesehn, wie er mit die andern ist.

Soldat.

Sagen S', Fräulein Marie...

Stubenmädchen.

Sie werden mich verbrennen mit Ihrer Zigarrn.

Soldat.

Pahdon! – Fräul'n Marie. Sagen wir uns Du.

Stubenmädchen.

Wir sein noch nicht so gute Bekannte. –

Soldat.

Es können sich gar viele nicht leiden und sagen doch Du zueinander.

Stubenmädchen's nächstemal, wenn wir... Aber, Herr Franz –

Soldat.

Sie haben sich meinen Namen g'merkt?

Stubenmädchen.

Aber, Herr Franz...

Soldat.

Sagen S' Franz, Fräulein Marie.

Stubenmädchen.

So sein S' nicht so keck – aber pst, wenn wer kommen tät!

Soldat.

Und wenn schon einer kommen tät, man sieht ja nicht zwei Schritt weit.

Stubenmädchen.

Aber um Gottes willen, wohin kommen wir denn da?

Soldat.

Sehn S', da sind zwei grad wie mir.

Stubenmädchen.

Wo denn? Ich seh' gar nichts.

Soldat.

Da... vor uns.

Stubenmädchen.

Warum sagen S' denn zwei wie mir? –

Soldat.

Na, ich mein' halt, die haben sich auch gern.

Stubenmädchen.

Aber geben S' doch acht, was ist denn da, jetzt wär' ich beinah g'fallen.

Soldat.

Ah, das ist das Gatter von der Wiesen.

Stubenmädchen.

Stoßen S' doch nicht so, ich fall' ja um.

Soldat.

Pst, nicht so laut.

Stubenmädchen.

Sie, jetzt schrei' ich aber wirklich. – Aber was machen S' denn... aber –

Soldat.

Da ist jetzt weit und breit keine Seel'.

Stubenmädchen.

So gehn wir zurück, wo Leut' sein.

Soldat.

Wir brauchen keine Leut', was, Marie, wir brauchen... dazu... haha.

Stubenmädchen.

Aber, Herr Franz, bitt' Sie, um Gottes willen, schaun S', wenn ich das...

gewusst... oh... oh... komm!

Soldat *(selig).*

Herrgott noch einmal... ah...

Stubenmädchen.

Ich kann dein G'sicht gar nicht sehn.

Soldat.

A was – G'sicht

Soldat.

Ja, Sie, Fräul'n Marie, da im Gras können S' nicht liegen bleiben.

Stubenmädchen.

Geh, Franz, hilf mir.

Soldat.

Na, komm zugi.

Stubenmädchen.

O Gott, Franz.

Soldat.

Naja, was ist denn mit dem Franz?

Stubenmädchen.

Du bist ein schlechter Mensch, Franz.

Soldat.

Ja, ja. Geh, wart ein bissel.

Stubenmädchen.

Was lasst mich denn aus?

Soldat.

Na, die Virginier werd' ich mir doch anzünden dürfen.

Stubenmädchen.

Es ist so dunkel.

Soldat.

Morgen früh ist schon wieder licht.

Stubenmädchen.

Sag wenigstens, hast mich gern?

Soldat.

Na, das musst doch g'spürt haben, Fräul'n Marie, ha!

Stubenmädchen.

Wohin gehn wir denn?

Soldat.

Na, zurück.

Stubenmädchen.

Geh, bitt' dich, nicht so schnell!

Soldat.

Na, was ist denn? Ich geh' nicht gern in der finstern.

Stubenmädchen.

Sag, Franz, hast mich gern?

Soldat.

Aber grad hab' ich's g'sagt, dass ich dich gern hab'!

Stubenmädchen.

Geh, willst mir nicht ein Pussel geben?

Soldat *(gnädig)*.

Da... Hörst – jetzt kann man schon wieder die Musik hören.

Stubenmädchen.

Du möcht'st am End' gar wieder tanzen gehn?

Soldat.

Na freilich, was denn?

Stubenmädchen.

Ja, Franz, schau, ich muss zu Haus gehn. Sie werden eh schon schimpfen, mei' Frau ist so eine... die möcht' am liebsten, man ging' gar nicht fort.

Soldat.

Naja, geh halt zu Haus.

Stubenmädchen.

Ich hab' halt 'dacht, Herr Franz, Sie werden mich z' Haus führen.

Soldat.

Z' Haus führen? Ah!

Stubenmädchen.

Gehn S', es ist so traurig, allein z' Haus gehn.

Soldat.

Wo wohnen S' denn?

Stubenmädchen.

Es ist gar nicht so weit – in der Porzellangasse.

Soldat.

So? Ja, da haben wir ja einen Weg... aber jetzt ist's mir zu früh... jetzt wird noch 'draht, heut hab' ich über Zeit... Vor zwölf brauch' ich nicht in der Kasern' zu sein. I' geh' noch tanzen.

Stubenmädchen.

Freilich, ich weiß schon, jetzt kommt die Blonde mit dem schiefen Gesicht dran!

Soldat.

Ha! – Der ihr G'sicht ist gar nicht so schief.

Stubenmädchen.

O Gott, sein die Männer schlecht. Was, Sie machen's sicher mit einer jeden so.

Soldat.

Das wär' z'viel! –

Stubenmädchen.

Franz, bitt' schön, heut nimmer, – heut bleiben S' mit mir, schaun S' –

Soldat.

Ja, ja, ist schon gut. Aber tanzen werd' ich doch noch dürfen.

Stubenmädchen.

Ich tanz' heut mit kein' mehr!

Soldat.

Da ist er ja schon...

Stubenmädchen.

Wer denn?

Soldat.

Der Swoboda! Wie schnell wir wieder da sein. Noch immer spielen s' das... tadarada tadarada *(singt mit)* ... Also wannst auf mich warten willst, so führ' ich dich z' Haus... wenn nicht... Servas –

Stubenmädchen.

Ja, ich werd' warten.

(Sie treten in den Tanzsaal ein).

Soldat.

Wissen S', Fräul'n Marie, ein Glas Bier lassen's Ihnen geben. *(Zu einer Blonden sich wendend, die eben mit einem Burschen vorbeitanzt, sehr hochdeutsch).* Mein Fräulein, darf ich bitten? –

Das Stubenmädchen und Der junge Herr.

Heißer Sommernachmittag. – Die Eltern sind schon auf dem Lande. – Die Köchin hat Ausgang. – Das Stubenmädchen. schreibt in der Küche einen Brief an den Soldaten, der ihr Geliebter ist. Es klingelt aus dem Zimmer des jungen Herrn. Sie steht auf und geht ins Zimmer des jungen Herrn.
Der junge Herr liegt auf dem Diwan, raucht und liest einen französischen Roman.

Das Stubenmädchen.

Bitt' schön, junger Herr?

Der junge Herr.

Ah ja, Marie, ah ja, ich hab' geläutet, ja... was hab' ich nur... ja richtig, die Rouletten lassen S' herunter, Marie... Es ist kühler, wenn die Rouletten unten sind... ja...

(Das Stubenmädchen geht zum Fenster und lässt die Rouletten herunter).

Der junge Herr *(liest weiter).*

Was machen S' denn, Marie? Ah ja. Jetzt sieht man aber gar nichts zum Lesen.

Das Stubenmädchen.

Der junge Herr ist halt immer so fleißig.

Der junge Herr *(überhört das vornehm).*

So, ist gut.

(Marie geht.)

Der junge Herr *(versucht weiter zu lesen; lässt bald das Buch fallen, klingelt wieder).*

Das Stubenmädchen *(erscheint).*

Der junge Herr.

Sie, Marie... ja, was ich habe sagen wollen... ja... ist vielleicht ein Cognac zu Haus?

Das Stubenmädchen.

Ja, der wird eingesperrt sein.

Der junge Herr.

Na, wer hat denn die Schlüssel?

Das Stubenmädchen.

Die Schlüssel hat die Lini.

Der junge Herr.

Wer ist die Lini?

Das Stubenmädchen.

Die Köchin, Herr Alfred.

Der junge Herr.

Na, so sagen S' es halt der Lini.

Das Stubenmädchen.

Ja, die Lini hat heut Ausgang.

Der junge Herr.

So...

Das Stubenmädchen.

Soll ich dem jungen Herrn vielleicht aus dem Kaffeehaus...

Der junge Herr.

Ah nein... es ist so heiß genug. Ich brauch' keinen Cognac. Wissen S', Marie, bringen Sie mir ein Glas Wasser. Pst, Marie – aber laufen lassen, dass es recht kalt ist. –

(Das Stubenmädchen ab.)

Der junge Herr *(sieht ihr nach, bei der Tür wendet sich Das Stubenmädchen nach ihm um; Der junge Herr. schaut in die Luft. – Das Stubenmädchen dreht den Hahn der Wasserleitung auf, lässt das Wasser laufen. Währenddem geht sie in ihr kleines Kabinett, wäscht sich die Hände, richtet vor dem Spiegel ihre Schneckerln. Dann bringt sie dem jungen Herrn das Glas Wasser. Sie tritt zum Diwan).*

Der junge Herr *(richtet sich zur Hälfte auf, Das Stubenmädchen gibt ihm das Glas in die Hand, ihre Finger berühren sich).*

Der junge Herr.

So, danke. – Na, was ist denn? – Geben Sie acht; stellen Sie das Glas wieder auf die Tasse... *(Er legt sich hin und streckt sich aus)*. Wie spät ist's denn? –

Das Stubenmädchen.

Fünf Uhr, junger Herr.

Der junge Herr.

So, fünf Uhr. – Ist gut. –

Das Stubenmädchen *(geht; bei der Tür wendet sie sich um; Der junge Herr. hat ihr nachgeschaut; sie merkt es und lächelt).*

Der junge Herr *(bleibt eine Weile liegen, dann steht er plötzlich auf. Er geht bis zur Tür, wieder zurück, legt sich auf den Diwan. Er versucht wieder* *zu lesen. Nach ein paar Minuten klingelt er wieder).*

Das Stubenmädchen *(erscheint mit einem Lächeln, das sie nicht zu verbergen sucht).*

Der junge Herr.

Sie, Marie, was ich Sie hab' fragen wollen. War heut vormittag nicht der Doktor Schüller da?

Das Stubenmädchen.

Nein, heut vormittag war niemand da.

Der junge Herr.

So, das ist merkwürdig. Also der Doktor Schüller war nicht da? Kennen Sie überhaupt den Doktor Schüller?

Das Stubenmädchen.

Freilich. Das ist der große Herr mit dem schwarzen Vollbart.

Der junge Herr.

Ja. War er vielleicht doch da?

Das Stubenmädchen.

Nein, es war niemand da, junger Herr.

Der junge Herr *(entschlossen).*

Kommen Sie her, Marie.

Das Stubenmädchen *(tritt etwas näher).*

Bitt' schön.

Der junge Herr.

Näher... so... ah... ich hab' nur geglaubt...

Das Stubenmädchen.

Was haben Der junge Herr.?

Der junge Herr.

Geglaubt... geglaubt hab' ich – Nur wegen Ihrer Blusen... Was ist das für eine... Na, kommen S' nur näher. Ich beiß' Sie ja nicht.

Das Stubenmädchen. *(kommt zu ihm).*

Was ist mit meiner Blusen? G'fallt sie dem jungen Herrn nicht?

Der junge Herr *(fasst die Bluse an, wobei er das Stubenmädchen zu sich herabzieht).*

Blau? Das ist ganz ein schönes Blau. *(Einfach.)* Sie sind sehr nett angezogen, Marie.

Das Stubenmädchen.

Aber junger Herr...

Der junge Herr.

Na, was ist denn?... *(Er hat ihre Bluse geöffnet. Sachlich.)* Sie haben eine schöne weiße Haut, Marie.

Das Stubenmädchen.

Der junge Herr tut mir schmeicheln.

Der junge Herr *(küsst sie auf die Brust).*

Das kann doch nicht weh tun.

Das Stubenmädchen.

O nein.

Der junge Herr.

Weil Sie so seufzen! Warum seufzen Sie denn?

Das Stubenmädchen.

Oh, Herr Alfred...

Der junge Herr.

Und was Sie für nette Pantoffeln haben...

Das Stubenmädchen.

... Aber... junger Herr... wenn's draußen läut' –

Der junge Herr.

Wer wird denn jetzt läuten?

Das Stubenmädchen.

Aber junger Herr... schaun S'... es ist so licht...

Der junge Herr.

Vor mir brauchen Sie sich nicht zu genieren. Sie brauchen sich überhaupt vor niemandem wenn man so hübsch ist. Ja, meiner Seel'; Marie, Sie sind... Wissen Sie, Ihre Haare riechen sogar angenehm.

Das Stubenmädchen.

Herr Alfred...

Der junge Herr.

Machen Sie keine solchen Geschichten, Marie... ich hab' Sie schon anders auch geseh'n. Wie ich neulich in der Nacht nach Haus gekommen bin und mir Wasser geholt hab'; da ist die Tür zu Ihrem Zimmer offen gewesen... na...

Das Stubenmädchen.

(verbirgt ihr Gesicht).

O Gott, aber das hab' ich gar nicht gewusst, dass der Herr Alfred so schlimm sein kann.

Der junge Herr.

Da hab' ich sehr viel gesehen... das und das... und das... und –

Das Stubenmädchen.

Aber, Herr Alfred!

Der junge Herr.

Komm, komm... daher... so, ja so...

Das Stubenmädchen.

Aber wenn jetzt wer läutet –

Der junge Herr.

Jetzt hören Sie schon einmal auf... macht man höchstens nicht auf...

(Es klingelt.)

Der junge Herr.

Donnerwetter... Und was der Kerl für einen Lärm macht. – Am End' hat der schon früher geläutet, und wir haben's nicht gemerkt.

Das Stubenmädchen.

Oh, ich hab' alleweil aufgepasst.

Der junge Herr.

Na, so schaun S' endlich nach – durchs Guckerl. –

Das Stubenmädchen.

Herr Alfred... Sie sind aber... nein... so schlimm.

Der junge Herr.

Bitt' Sie, schaun S' jetzt nach...

Das Stubenmädchen *(geht ab).*

Der junge Herr *(öffnet rasch die Rouleaux).*

Das Stubenmädchen *(erscheint wieder).*

Der ist jedenfalls schon wieder weggangen. Jetzt ist niemand mehr da. Vielleicht ist es der Doktor Schüller gewesen.

Der junge Herr *(ist unangenehm berührt).*

Es ist gut.

Das Stubenmädchen *(nähert sich ihm).*

Der junge Herr *(entzieht sich ihr).*

– Sie, Marie, – ich geh' jetzt ins Kaffeehaus.

Das Stubenmädchen *(zärtlich).*

Schon... Herr Alfred.

Der junge Herr *(streng).*

Ich geh' jetzt ins Kaffeehaus. Wenn der Doktor Schüller kommen sollte...

Das Stubenmädchen.

Der kommt heut nimmer.

Der junge Herr *(noch strenger).*

Wenn der Doktor Schüller kommen sollte, ich, ich... ich bin – im Kaffeehaus. – *(Geht ins andere Zimmer.)*

(Das Stubenmädchen. *nimmt eine Zigarre vom Rauchtisch, steckt sie ein und geht ab.)*

Der junge Herr und Die junge Frau.

Abend. – Ein mit banaler Eleganz möblierter Salon in einem Hause der Schwindgasse.

Der junge Herr ist eben eingetreten, zündet, während er noch den Hut auf dem Kopf und den Überzieher anhat, die Kerzen an. Dann öffnet er die Tür zum Nebenzimmer und wirft einen Blick hinein. Von den Kerzen des Salons geht der Lichtschein über das Parkett bis zu einem Himmelbett, das an der abschließenden Wand steht. Von dem Kamin in einer Ecke des Schlafzimmers verbreitet sich ein rötlicher Lichtschein auf die Vorhänge des Bettes. – Der junge Herr besichtigt auch das Schlafzimmer. Von dem Trumeau nimmt er einen Sprayapparat und bespritzt die Bettpolster mit feinen Strahlen von Veilchenparfüm. Dann geht er mit dem Sprayapparat durch beide Zimmer und drückt unaufhörlich auf den kleinen Ballon, so dass es bald überall nach Veilchen riecht. Dann legt er Überzieher und Hut ab. Er setzt sich auf den blausamtenen Fauteuil, zündet sich eine Zigarette an und raucht. Nach einer kleinen Weile erhebt er sich wieder und vergewissert sich, dass die grünen Jalousien geschlossen sind. Plötzlich geht er wieder ins Schlafzimmer, öffnet die Lade des Nachtkästchens. Er fühlt hinein und findet eine Schildkrothaarnadel. Er sucht nach einem Ort, sie zu verstecken, gibt sie endlich in die Tasche seines Überziehers. Dann öffnet er einen Schrank, der im Salon steht, nimmt eine silberne Tasse mit einer Flasche Cognac und zwei Likörgläschen heraus, stellt alles auf den Tisch. Er geht wieder zu seinem Überzieher, aus dem er jetzt ein kleines weißes Päckchen nimmt. Er öffnet es und legt es zum Cognac; geht wieder zum Schrank, nimmt zwei kleine Teller und Essbestecke heraus. Er entnimmt dem kleinen Paket eine glasierte Kastanie und isst sie. Dann schenkt er sich ein Glas Cognac ein und trinkt es rasch aus. Dann sieht er auf seine Uhr. Er geht im Zimmer auf und ab. – Vor dem großen Wandspiegel bleibt er eine Weile stehen, richtet mit seinem Taschenkamm das Haar und den kleinen Schnurrbart. – Er geht nun zur Vorzimmertür und horcht. Nichts regt sich. Dann zieht er die blauen Portieren, die vor der Schlafzimmertür angebracht sind, zusammen. Es klingelt. Der junge Herr fährt leicht zusammen. Dann setzt er sich auf den Fauteuil und erhebt sich erst, als die Tür geöffnet wird und Die junge Frau eintritt. –

Die junge Frau *(dicht verschleiert, schließt die Tür hinter sich, bleibt einen Augenblick stehen, indem sie die linke Hand aufs Herz legt, als müsse sie eine gewaltige Erregung bemeistern).*

Der junge Herr *(tritt auf sie zu, nimmt ihre linke Hand und drückt auf den weißen, schwarz tamburierten Handschuh einen Kuss. Er sagt leise).*

Ich danke Ihnen.

Die junge Frau.

Alfred – Alfred!

Der junge Herr.

Kommen Sie, gnädige Frau... Kommen Sie, Frau Emma...

Die junge Frau.

Lassen Sie mich noch eine Weile – bitte... o bitte sehr, Alfred! *(Sie steht noch immer an der Tür.)*

Der junge Herr *(steht vor ihr, hält ihre Hand).*

Die junge Frau.

Wo bin ich denn eigentlich?

Der junge Herr.

Bei mir.

Die junge Frau.

Dieses Haus ist schrecklich, Alfred.

Der junge Herr.

Warum denn? Es ist ein sehr vornehmes Haus.

Die junge Frau.

Ich bin zwei Herren auf der Stiege begegnet.

Der junge Herr.

Bekannte?

Die junge Frau.

Ich weiß nicht. Es ist möglich.

Der junge Herr.

Pardon, gnädige Frau – aber Sie kennen doch Ihre Bekannten.

Die junge Frau.

Ich habe ja gar nichts gesehen.

Der junge Herr.

Aber wenn es selbst Ihre besten Freunde waren – sie können ja Sie nicht erkannt haben. Ich selbst... wenn ich nicht wüsste, dass Sie es sind... dieser Schleier.–

Die junge Frau.

Es sind zwei.

Der junge Herr.

Wollen Sie nicht ein bisschen näher?... Und Ihren Hut legen Sie doch wenigstens ab!

Die junge Frau.

Was fällt Ihnen ein, Alfred? Ich habe Ihnen gesagt Fünf Minuten... Nein, länger nicht... ich schwöre Ihnen –

Der junge Herr.

Also den Schleier –

Die junge Frau.

Es sind zwei.

Der junge Herr.

Nun ja, beide Schleier – ich werde Sie doch wenigstens sehen dürfen.

Die junge Frau.

Haben Sie mich denn lieb, Alfred?

Der junge Herr *(tief verletzt).*

Emma – Sie fragen mich...

Die junge Frau.

Es ist hier so heiß.

Der junge Herr.

Aber Sie haben ja Ihre Pelzmantille an – Sie werden sich wahrhaftig verkühlen.

Die junge Frau *(tritt endlich ins Zimmer, wirft sich auf den Fauteuil).*

Ich bin totmüd'.

Der junge Herr.

Erlauben Sie. *(Er nimmt ihr die Schleier ab; nimmt die Nadel aus ihrem Hut, legt Hut, Nadel, Schleier beiseite.)*

Die junge Frau *(lässt es geschehen).*

Der junge Herr *(steht vor ihr, schüttelt den Kopf).*

Die junge Frau.

Was haben Sie?

Der junge Herr.

So schön waren Sie noch nie.

Die junge Frau.

Wieso?

Der junge Herr.

Allein... allein mit Ihnen – Emma – *(Er lässt sich neben ihrem Fauteuil nieder, auf ein Knie, nimmt ihre beiden Hände und bedeckt sie mit Küssen).*

Die junge Frau.

Und jetzt... lassen Sie mich wieder gehen. Was Sie von mir verlangt haben, hab' ich getan.

Der junge Herr *(lässt seinen Kopf auf ihren Schoß sinken).*

Die junge Frau.

Sie haben mir versprochen, brav zu sein.

Der junge Herr.

Ja.

Die junge Frau.

Man erstickt in diesem Zimmer.

Der junge Herr *(steht auf).*

Noch haben Sie Ihre Mantille an.

Die junge Frau.

Legen Sie sie zu meinem Hut.

Der junge Herr *(nimmt ihr die Mantille ab und legt sie gleichfalls auf den Diwan).*

Die junge Frau.

Und jetzt – adieu –

Der junge Herr.

Emma –! – Emma! –

Die junge Frau.

Die fünf Minuten sind längst vorbei.

Der junge Herr.

Noch nicht eine! –

Die junge Frau.

Alfred, sagen Sie mir einmal ganz genau, wie spät es ist.

Der junge Herr.

Es ist punkt Viertel sieben.

Die junge Frau.

Jetzt sollte ich längst bei meiner Schwester sein.

Der junge Herr.

Ihre Schwester können Sie oft sehen...

Die junge Frau.

O Gott, Alfred, warum haben Sie mich dazu verleitet.

Der junge Herr.

Weil ich Sie... anbete, Emma.

Die junge Frau.

Wie vielen haben Sie das schon gesagt?

Der junge Herr.

Seit ich Sie gesehen, niemandem.

Die junge Frau.

Was bin ich für eine leichtsinnige Person! Wer mir das vorausgesagt hätte... noch vor acht Tagen... noch gestern...

Der junge Herr.

Und vorgestern haben Sie mir ja schon versprochen...

Die junge Frau.

Sie haben mich so gequält. Aber ich habe es nicht tun wollen. Gott ist mein Zeuge – ich habe es nicht tun wollen... Gestern war ich fest entschlossen... Wissen Sie, dass ich Ihnen gestern abend sogar einen langen Brief geschrieben habe?

Der junge Herr.

Ich habe keinen bekommen.

Die junge Frau.

Ich habe ihn wieder zerrissen. Oh, ich hätte Ihnen lieber diesen Brief schicken sollen.

Der junge Herr.

Es ist doch besser so.

Die junge Frau.

O nein, es ist schändlich... von mir. Ich begreife mich selber nicht. Adieu, Alfred, lassen Sie mich.

Der junge Herr (*umfasst sie und bedeckt ihr Gesicht mit heißen Küssen*).

Die junge Frau.

So... halten Sie Ihr Wort...

Der junge Herr.

Noch einen Kuss – noch einen.

Die junge Frau.

Den letzten.

(*Er küsst sie; sie erwidert den Kuss; ihre Lippen bleiben lange aneinandergeschlossen*).

Der junge Herr.

Soll ich Ihnen etwas sagen, Emma? Ich weiß jetzt erst, was Glück ist.

Die junge Frau *(sinkt in einen Fauteuil zurück).*

Der junge Herr *(setzt sich auf die Lehne, schlingt einen Arm leicht um ihren Nacken).*

... oder vielmehr, ich weiß jetzt erst, was Glück sein könnte.

Die junge Frau *(seufzt tief auf).*

Der junge Herr *(küsst sie wieder).*

Die junge Frau.

Alfred, Alfred, was machen Sie aus mir!

Der junge Herr.

Nicht wahr – es ist hier gar nicht so ungemütlich... Und wir sind ja hier so sicher! Es ist doch tausendmal schöner als diese Rendezvous im Freien...

Die junge Frau.

Oh, erinnern Sie mich nur nicht daran.

Der junge Herr.

Ich werde auch daran immer mit tausend Freuden denken. Für mich ist jede Minute, die ich an Ihrer Seite verbringen durfte, eine süße Erinnerung.

Die junge Frau.

Erinnern Sie sich noch an den Industriellenball?

Der junge Herr.

Ob ich mich daran erinnere...? Da bin ich ja während des Soupers neben Ihnen gesessen, ganz nahe neben Ihnen. Ihr Mann hat Champagner...

Die junge Frau *(sieht ihn klagend an).*

Der junge Herr.

Ich wollte nur vom Champagner reden. Sagen Sie, Emma, wollen Sie nicht ein Glas Cognac trinken?

Die junge Frau.

Einen Tropfen, aber geben Sie mir vorher ein Glas Wasser.

Der junge Herr.

Ja... Wo ist denn nur – ach ja... *(Er schlägt die Portiere zurück und geht ins Schlafzimmer.)*

Die junge Frau *(sieht ihm nach).*

Der junge Herr *(kommt zurück mit einer Karaffe Wasser und zwei Trinkgläsern).*

Die junge Frau.

Wo waren Sie denn?

Der junge Herr.

Im... Nebenzimmer. *(Schenkt ein Glas Wasser ein).*

Die junge Frau.

Jetzt werde ich Sie etwas fragen, Alfred – und schwören Sie mir, dass Sie mir die Wahrheit sagen werden.

Der junge Herr.

Ich schwöre. –

Die junge Frau.

War in diesen Räumen schon jemals eine andere Frau?

Der junge Herr.

Aber Emma – dieses Haus steht schon zwanzig Jahre!

Die junge Frau.

Sie wissen, was ich meine, Alfred... Mit Ihnen! Bei Ihnen!

Der junge Herr.

Mit mir – hier – Emma! – Es ist nicht schön, dass Sie an so etwas denken können.

Die junge Frau.

Also Sie haben... wie soll ich... Aber nein, ich will Sie lieber nicht fragen. Es ist besser, wenn ich nicht frage. Ich bin ja selbst schuld. Alles rächt sich.

Der junge Herr.

Ja, was haben Sie denn? Was ist Ihnen denn? Was rächt sich?

Die junge Frau.

Nein, nein nein, ich darf nicht zum Bewusstsein kommen... Sonst müsste ich vor Scham in die Erde sinken.

Der junge Herr *(mit der Karaffe Wasser in der Hand, schüttelt traurig den Kopf).*

Emma, wenn Sie ahnen könnten, wie weh Sie mir tun.

Die junge Frau *(schenkt sich ein Glas Cognac ein).*

Der junge Herr. Ich will Ihnen etwas sagen, Emma. Wenn Sie sich schämen, hier zu sein – wenn ich Ihnen also gleichgültig bin – wenn Sie nicht fühlen, dass Sie für mich alle Seligkeit der Welt bedeuten – – so gehn Sie lieber. –

Die junge Frau.

Ja, das werd' ich auch tun.

Der junge Herr *(sie bei der Hand fassend).*

Wenn Sie aber ahnen, dass ich ohne Sie nicht leben kann, dass ein Kuss auf

Ihre Hand für mich mehr bedeutet als alle Zärtlichkeiten, die alle Frauen auf der ganzen Welt... Emma, ich bin nicht wie die anderen jungen Leute, die den Hof machen können – ich bin vielleicht zu naiv... ich...

Die junge Frau.

Wenn Sie aber doch sind wie die anderen jungen Leute?

Der junge Herr.

Dann wären Sie heute nicht da – denn Sie sind nicht wie die anderen Frauen.

Die junge Frau.

Woher wissen Sie das?

Der junge Herr *(hat sie zum Diwan gezogen, sich nahe neben sie gesetzt).*

Ich habe viel über Sie nachgedacht. Ich weiß, Sie sind unglücklich.

Die junge Frau *(erfreut).*

Ja.

Der junge Herr.

Das Leben ist so leer, so nichtig – und dann, – so kurz – so entsetzlich kurz! Es gibt nur ein Glück... einen Menschen finden, von dem man geliebt wird –

Die junge Frau *(hat eine kandierte Birne vom Tisch genommen, nimmt sie in den Mund).*

Der junge Herr.

Mir die Hälfte! *(Sie reicht sie ihm mit den Lippen.)*

Die junge Frau *(fasst die Hände des jungen Herrn, die sich zu verirren drohen).*

Was tun Sie denn, Alfred... Ist das Ihr Versprechen?

Der junge Herr *(die Birne verschluckend, dann kühner).*

Das Leben ist so kurz.

Die junge Frau *(schwach).*

Aber das ist ja kein Grund –

Der junge Herr *(mechanisch).*

O ja.

Die junge Frau *(schwächer).*

Schauen Sie, Alfred, und Sie haben doch versprochen, brav... Und es ist so hell...

Der junge Herr. Komm, komm, du einzige, einzige... *(Er hebt sie vom Diwan empor).*

Die junge Frau.

Was machen Sie denn?

Der junge Herr.

Da drin ist es gar nicht hell.

Die junge Frau.

Ist denn da noch ein Zimmer?

Der junge Herr *(zieht sie mit).*

Ein schönes... und ganz dunkel.

Die junge Frau.

Bleiben wir doch lieber hier.

Der junge Herr *(bereits mit ihr hinter der Portiere, im Schlafzimmer, nestelt ihr die Taille auf).*

Die junge Frau.

Sie sind so... o Gott, was machen Sie aus mir! – Alfred!

Der junge Herr.

Ich bete dich an, Emma!

Die junge Frau.

So wart doch, wart doch wenigstens... *(schwach)*. Geh... ich ruf dich dann.

Der junge Herr.

Lass mir dich – lass dir mich *(er verspricht sich)*. ... lass... mich – dir – helfen.

Die junge Frau.

Du zerreißt mir ja alles.

Der junge Herr.

Du hast kein Mieder an?

Die junge Frau.

Ich trag' nie ein Mieder. Die Odilon trägt auch keines. Aber die Schuh' kannst du mir aufknöpfeln.

Der junge Herr *(knöpfelt die Schuhe auf, küsst ihre Füße).*

Die junge Frau *(ist ins Bett geschlüpft).*

Oh, mir ist kalt.

Der junge Herr.

Gleich wird's warm werden.

Die junge Frau *(leise lachend).*

Glaubst du?

Der junge Herr *(unangenehm berührt, für sich).*

Das hätte sie nicht sagen sollen. *(Entkleidet sich im Dunkel).*

Die junge Frau *(zärtlich).*

Komm, komm, komm!

Der junge Herr *(dadurch wieder in besserer Stimmung).*

Gleich – –

Die junge Frau.

Es riecht hier so nach Veilchen.

Der junge Herr.

Das bist du selbst... Ja *(zu ihr)* du selbst.

Die junge Frau.

Alfred... Alfred!!!!

Der junge Herr.

Emma...

Der junge Herr.

Ich habe dich offenbar zu lieb... ja... ich bin wie von Sinnen.

Die junge Frau. ...

Der junge Herr.

Die ganzen Tage über bin ich schon wie verrückt. Ich hab' es geahnt.

Die junge Frau.

Mach dir nichts draus.

Der junge Herr.

O gewiss nicht. Es ist ja geradezu selbstverständlich, wenn man...

Die junge Frau.

Nicht... nicht... Du bist nervös. Beruhige dich nur...

Der junge Herr.

Kennst du Stendhal?

Die junge Frau.

Stendhal?

Der junge Herr.

Die«Psychologie de l'amour».

Die junge Frau.

Nein, warum fragst du mich?

Der junge Herr.

Da kommt eine Geschichte drin vor, die sehr bezeichnend ist.

Die junge Frau.

Was ist das für eine Geschichte?

Der junge Herr.

Das ist eine ganze Gesellschaft von Kavallerieoffizieren zusammen –

Die junge Frau.

So.

Der junge Herr.

Und die erzählen von ihren Liebesabenteuern. Und jeder berichtet, dass ihm bei der Frau, die er am meisten, weißt du, am leidenschaftlichsten geliebt hat... dass ihn die, dass er die – also kurz und gut, dass es jedem bei dieser Frau so gegangen ist wie jetzt mir.

Die junge Frau.

Ja.

Der junge Herr.

Das ist sehr charakteristisch.

Die junge Frau.

Ja.

Der junge Herr.

Es ist noch nicht aus. Ein einziger behauptet... es sei ihm in seinem ganzen Leben noch nicht passiert, aber, setzt Stendhal hinzu – das war ein berüchtigter Bramarbas.

Die junge Frau.

So. –

Der junge Herr.

Und doch verstimmt es einen, das ist das Dumme, so gleichgültig es eigentlich ist.

Die junge Frau.

Freilich. Überhaupt weißt du... du hast mir ja versprochen, brav zu sein.

Der junge Herr.

Geh, nicht lachen, das bessert die Sache nicht.

Die junge Frau.

Aber nein, ich lache ja nicht. Das von Stendhal ist wirklich interessant. Ich habe immer gedacht, dass nur bei älteren... oder bei sehr... weißt du, bei Leuten, die viel gelebt haben...

Der junge Herr.

Was fällt dir ein. Das hat damit gar nichts zu tun. Ich habe übrigens die hübscheste Geschichte aus dem Stendhal ganz vergessen. Da ist einer von den Kavallerieoffizieren, der erzählt sogar, dass er drei Nächte oder gar sechs... ich weiß nicht mehr, mit der Frau zusammen war, die er durch Wochen hindurch verlangt hat – desirée – verstehst du –, und die haben alle diese Nächte hindurch nichts getan als vor Glück geweint... beide...

Die junge Frau.

Beide?

Der junge Herr.

Ja. Wundert dich das? Ich find' das so begreiflich – gerade wenn man sich liebt.

Die junge Frau.

Aber es gibt gewiss viele, die nicht weinen.

Der junge Her *(nervös).*

Gewiss... das ist ja auch ein exceptioneller Fall.

Die junge Frau.

Ah – ich dachte, Stendhal sagte, alle Kavallerieoffiziere weinen bei dieser Gelegenheit.

Der junge Herr.

Siehst du, jetzt machst du dich doch lustig.

Die junge Frau.

Aber was fällt dir ein! Sei doch nicht kindisch, Alfred!

Der junge Herr.

Es macht nun einmal nervös... Dabei habe ich die Empfindung, dass du ununterbrochen daran denkst. Das geniert mich erst recht.

Die junge Frau.

Ich denke absolut nicht daran. -

Der junge Herr.

O ja. Wenn ich nur überzeugt wäre, dass du mich liebst.

Die junge Frau.

Verlangst du noch mehr Beweise?

Der junge Herr.

Siehst du... immer machst du dich lustig.

Die junge Frau.

Wieso denn? Komm, gib mir dein süßes Kopferl.

Der junge Herr.

Ach, das tut wohl.

Die junge Frau.

Hast du mich lieb?

Der junge Herr.

Oh, ich bin ja so glücklich.

Die junge Frau.

Aber du brauchst nicht auch noch zu weinen.

Der junge Herr *(sich von ihr entfernend, höchst irritiert).*

Wieder, wieder. Ich hab' dich ja so gebeten...

Die junge Frau.

Wenn ich dir sage, dass du nicht weinen sollst...

Der junge Herr.

Du hast gesagt Auch noch zu weinen.

Die junge Frau.

Du bist nervös, mein Schatz.

Der junge Herr.

Das weiß ich.

Die junge Frau.

Aber du sollst es nicht sein. Es ist mir sogar lieb, dass es... dass wir sozusagen als gute Kameraden...

Der junge Herr.

Schon wieder fangst du an.

Die junge Frau.

Erinnerst du dich denn nicht! Das war eines unserer ersten Gespräche. Gute Kameraden haben wir sein wollen; nichts weiter. Oh, das war schön... das war bei meiner Schwester, im Jänner auf dem großen Ball, während der Quadrille... Um Gottes willen, ich sollte ja längst fort sein... meine Schwester erwartet mich ja – was werd' ich ihr denn sagen... Adieu, Alfred –

Der junge Herr.

Emma –! So willst du mich verlassen!

Die junge Frau.

Ja – so! –

Der junge Herr.

Noch fünf Minuten...

Die junge Frau.

Gut. Noch fünf Minuten. Aber du musst mir versprechen dich nicht zu rühren? ... Ja? ... Ich will dir noch einen Kuss zum Abschied geben... Pst... ruhig... nicht rühren, hab' ich gesagt, sonst steh' ich gleich auf, du mein süßer... süßer...

Der junge Herr.

Emma... meine ange...

Die junge Frau.

Mein Alfred –

Der junge Herr.

Ah, bei dir ist der Himmel.

Die junge Frau.

Aber jetzt muss ich wirklich fort.

Der junge Herr.

Ach, lass deine Schwester warten.

Die junge Frau.

Nach Haus muss ich. Für meine Schwester ist's längst zu spät. Wieviel Uhr ist es denn eigentlich?

Der junge Herr.

Ja, wie soll ich das eruieren?

Die junge Frau.

Du musst eben auf die Uhr sehen.

Der junge Herr.

Meine Uhr ist in meinem Gilet.

Die junge Frau.

So hol sie.

Der junge Herr *(steht mit einem mächtigen Ruck auf)*.

Acht.

Die junge Frau *(erhebt sich rasch)*.

Um Gottes willen... Rasch, Alfred, gib mir meine Strümpfe. Was soll ich denn nur sagen? Zu Hause wird man sicher schon auf mich warten... acht Uhr...

Der junge Herr.

Wann seh' ich dich denn wieder?

Die junge Frau.

Nie.

Der junge Herr.

Emma! Hast du mich denn nicht mehr lieb?

Die junge Frau.

Eben darum. Gib mir meine Schuhe.

Der junge Herr.

Niemals wieder? Hier sind die Schuhe.

Die junge Frau.

In meinem Sack ist ein Schuhknöpfler. Ich bitt' dich, rasch...

Der junge Herr.

Hier ist der Knöpfler.

Die junge Frau.

Alfred, das kann uns beide den Hals kosten.

Der junge Herr *(höchst unangenehm berührt).*

Wieso?

Die junge Frau.

Ja, was soll ich denn sagen, wenn er mich fragt Woher kommst du?

Der junge Herr.

Von der Schwester.

Die junge Frau.

Ja, wenn ich lügen könnte.

Der junge Herr.

Na, du musst es eben tun.

Die junge Frau.

Alles für so einen Menschen. Ach, komm her... lass dich noch einmal küssen. *(Sie umarmt ihn.)* – Und jetzt – – lass mich allein, geh ins andere Zimmer. Ich kann mich nicht anziehen, wenn du dabei bist.

Der junge Herr *(geht in den Salon, wo er sich ankleidet. Er isst etwas von der Bäckerei, trinkt ein Glas Cognac).*

Die junge Frau *(ruft nach einer Weile).*

Alfred!

Der junge Herr.

Mein Schatz.

Die junge Frau.

Es ist doch besser, dass wir nicht geweint haben.

Der junge Herr *(nicht ohne Stolz lächelnd).*

Wie kann man so frivol reden? –

Die junge Frau.

Wie wird das jetzt nur sein – wenn wir uns zufällig wieder einmal in Gesellschaft begegnen?

Der junge Herr.

Zufällig – einmal... Du bist ja morgen sicher auch bei Lobheimers?

Die junge Frau.

Ja. Du auch?

Der junge Herr.

Freilich. Darf ich dich um den Kotillon bitten?

Die junge Frau.

Oh, ich werde nicht hinkommen. Was glaubst du denn? – Ich würde ja... *(Sie tritt völlig angekleidet in den Salon, nimmt eine Schokoladebäckerei)* in die Erde sinken.

Der junge Herr.

Also morgen bei Lobheimer, das ist schön.

Die junge Frau.

Nein, nein... ich sage ab; bestimmt –

Der junge Herr.

Also übermorgen... hier.

Die junge Frau.

Was fällt dir ein?

Der junge Herr.

Um sechs...

Die junge Frau.

Hier an der Ecke stehen Wagen, nicht wahr? –

Der junge Herr.

Ja, so viel du willst. Also übermorgen hier um sechs. So sag doch ja, mein geliebter Schatz.

Die junge Frau. ...

Das besprechen wir morgen beim Kotillon.

Der junge Herr *(umarmt sie)*.

Mein Engel.

Die junge Frau.

Nicht wieder meine Frisur ruinieren.

Der junge Herr.

Also morgen bei Lobheimers und übermorgen in meinen Armen.

Die junge Frau.

Leb wohl...

Der junge Herr *(plötzlich wieder besorgt)*.

Und was wirst du – ihm heut sagen? –

Die junge Frau.

Frag nicht... frag nicht... es ist zu schrecklich. – Warum hab' ich dich so lieb! – Adieu. – Wenn ich wieder Menschen auf der Stiege begegne, trifft mich der Schlag. – Pah! –

Der junge Herr *(küsst ihr noch einmal die Hand).*

Die junge Frau *(geht).*

Der junge Herr *(bleibt allein zurück. Dann setzt er sich auf den Diwan. Er lächelt vor sich hin und sagt zu sich selbst).*

Also jetzt hab' ich ein Verhältnis mit einer anständigen Frau.

Die junge Frau und der Ehemann

Ein behagliches Schlafgemach.
Es ist halb elf Uhr nachts. Die Frau liegt zu Bette und liest. Der Gatte. tritt
eben, im Schlafrock, ins Zimmer.

Die junge Frau *(ohne auszuschauen).*
Du arbeitest nicht mehr?
Der Gatte.
Nein. Ich bin zu müde. Und außerdem...
Die junge Frau.
Nun? –
Der Gatte.
Ich hab' mich an meinem Schreibtisch plötzlich so einsam gefühlt. Ich habe
Sehnsucht nach dir bekommen.
Die junge Frau *(schaut auf).*
Wirklich?
Der Gatte *(setzt sich zu ihr aufs Bett).*
Lies heute nicht mehr. Du wirst dir die Augen verderben.
Die junge Frau *(schlägt das Buch zu).*
Was hast du denn?
Der Gatte.
Nichts, mein Kind. Verliebt bin ich in dich! Das weißt du ja!
Die junge Frau.
Man könnte es manchmal fast vergessen.
Der Gatte.
Man muss es sogar manchmal vergessen.
Die junge Frau.
Warum?
Der Gatte. Weil die Ehe sonst etwas Unvollkommenes wäre. Sie würde...
wie soll ich nur sagen... sie würde ihre Heiligkeit verlieren.
Die junge Frau.
Oh...
Der Gatte.
Glaube mir – es ist so... Hätten wir in den fünf Jahren, die wir jetzt
miteinander verheiratet sind, nicht manchmal vergessen, dass wir ineinander

verliebt sind – wir wären es wohl gar nicht mehr.

Die junge Frau.

Das ist mir zu hoch.

Der Gatte.

Die Sache ist einfach die wir haben vielleicht schon zehn oder zwölf Liebschaften miteinander gehabt... Kommt es dir nicht auch so vor?

Die junge Frau.

Ich hab' nicht gezählt!

Der Gatte.

Hätten wir gleich die erste bis zum Ende durchgekostet, hätte ich mich von Anfang an meiner Leidenschaft für dich willenlos hingegeben, es wäre uns gegangen wie den Millionen von anderen Liebespaaren. Wir wären fertig miteinander.

Die junge Frau.

Ah... so meinst du das?

Der Gatte.

Glaube mir – Emma – in den ersten Tagen unserer Ehe hatte ich Angst, dass es so kommen würde.

Die junge Frau.

Ich auch.

Der Gatte.

Siehst du? Hab' ich nicht recht gehabt? Darum ist es gut, immer wieder für einige Zeit nur in guter Freundschaft miteinander hinzuleben.

Die junge Frau.

Ach so.

Der Gatte.

Und so kommt es, dass wir immer wieder neue Flitterwochen miteinander durchleben können, da ich es nie drauf ankommen lasse, die Flitterwochen...

Die junge Frau.

Zu Monaten auszudehnen.

Der Gatte.

Richtig.

Die junge Frau.

Und jetzt... scheint also wieder eine Freundschaftsperiode abgelaufen zu sein –?

Der Gatte *(sie zärtlich an sich drückend).*

Es dürfte so sein.

Die junge Frau.

Wenn es aber... bei mir anders wäre.

Der Gatte.

Es ist bei dir nicht anders. Du bist ja das klügste und entzückendste Wesen, das es gibt. Ich bin sehr glücklich, dass ich dich gefunden habe.

Die junge Frau.

Das ist aber nett, wie du den Hof machen kannst – von Zeit zu Zeit.

Der Gatte *(hat sich auch zu Bett begeben).*

Für einen Mann, der sich ein bisschen in der Welt umgesehen hat – geh, leg den Kopf an meine Schulter – der sich in der Welt umgesehen hat, bedeutet die Ehe eigentlich etwas viel Geheimnisvolleres als für euch junge Mädchen aus guter Familie. Ihr tretet uns rein und... wenigstens bis zu einem gewissen Grad unwissend entgegen, und darum habt ihr eigentlich einen viel klareren Blick für das Wesen der Liebe als wir.

Die junge Frau *(lachend).*

Oh!

Der Gatte.

Gewiss. Denn wir sind ganz verwirrt und unsicher geworden durch die vielfachen Erlebnisse, die wir notgedrungen vor der Ehe durchzumachen haben. Ihr hört ja viel und wisst zu viel und lest ja wohl eigentlich auch zu viel, aber einen rechten Begriff von dem, was wir Männer in der Tat erleben, habt ihr ja doch nicht. Uns wird das, was man so gemeinhin die Liebe nennt, recht gründlich widerwärtig gemacht; denn was sind das schließlich für Geschöpfe, auf die wir angewiesen sind!

Die junge Frau.

Ja, was sind das für Geschöpfe?

Der Gatte *(küsst sie auf die Stirn).*

Sei froh, mein Kind, dass du nie einen Einblick in diese Verhältnisse erhalten hast. Es sind übrigens meist recht bedauernswerte Wesen – werfen wir keinen Stein auf sie.

Die junge Frau.

Bitt' dich – dieses Mitleid – Das kommt mir da gar nicht recht angebracht vor.

Der Gatte *(mit schöner Milde).*

Sie verdienen es. Ihr, die ihr junge Mädchen aus guter Familie wart, die ruhig unter Obhut euerer Eltern auf den Ehrenmann warten konntet, der euch zur Ehe begehrt; – ihr kennt ja das Elend nicht, das die meisten von diesen armen Geschöpfen der Sünde in die Arme treibt.

Die junge Frau.

So verkaufen sich denn alle?

Der Gatte.

Das möchte ich nicht sagen. Ich mein' ja auch nicht nur das materielle Elend. Aber es gibt auch – ich möchte sagen – ein sittliches Elend; eine mangelhafte Auffassung für das, was erlaubt, und insbesondere für das, was edel ist.

Die junge Frau.

Aber warum sind die zu bedauern? – Denen geht's ja ganz gut?

Der Gatte.

Du hast sonderbare Ansichten, mein Kind. Du darfst nicht vergessen, dass solche Wesen von Natur aus bestimmt sind, immer tiefer und tiefer zu fallen. Da gibt es kein Aufhalten.

Die junge Frau *(sich an ihn schmiegend)*.

Offenbar fällt es sich ganz angenehm.

Der Gatte *(peinlich berührt)*.

Wie kannst du so reden, Emma. Ich denke doch, dass es gerade für euch, anständige Frauen, nichts Widerwärtigeres geben kann als alle diejenigen, die es nicht sind.

Die junge Frau.

Freilich, Karl, freilich. Ich hab's ja auch nur so gesagt. Geh, erzähl weiter. Es ist so nett, wenn du so red'st. Erzähl mir was.

Der Gatte.

Was denn? –

Die junge Frau.

Nun – von diesen Geschöpfen.

Der Gatte.

Was fällt dir denn ein?

Die junge Frau.

Schau, ich hab' dich schon früher, weißt du, ganz am Anfang hab' ich dich immer gebeten, du sollst mir aus deiner Jugend was erzählen.

Der Gatte.

Warum interessiert dich denn das?

Die junge Frau.

Bist du denn nicht mein Mann? Und ist das nicht geradezu eine Ungerechtigkeit, dass ich von deiner Vergangenheit eigentlich gar nichts weiß? –

Der Gatte.

Du wirst mich doch nicht für so geschmacklos halten, dass ich – Genug, Emma... das ist ja wie eine Entweihung.

Die junge Frau.

Und doch hast du... wer weiß wie viel andere Frauen gerade so in den Armen gehalten wie jetzt mich.

Der Gatte.

Sag doch nicht «Frauen». Frau bist du.

Die junge Frau.

Aber eine Frage musst du mir beantworten... sonst... sonst... ist's nichts mit den Flitterwochen.

Der Gatte.

Du hast eine Art, zu reden... denk doch, dass du Mutter bist... dass unser Mäderl da drin liegt...

Die junge Frau *(an ihn sich schmiegend)*.

Aber ich möcht' auch einen Buben.

Der Gatte.

Emma!

Die junge Frau.

Geh, sei nicht so... freilich bin ich deine Frau... aber ich möchte auch ein bissel... deine Geliebte sein.

Der Gatte.

Möchtest du?...

Die junge Frau.

Also – zuerst meine Frage.

Der Gatte *(gefügig)*.

Nun?

Die junge Frau.

War... eine verheiratete Frau – unter ihnen?

Der Gatte.

Wieso? – Wie meinst du das?

Die junge Frau.

Du weißt schon.

Der Gatte *(leicht beunruhigt)*.

Wie kommst du auf diese Frage?

Die junge Frau.

Ich möchte wissen, ob es... das heißt – es gibt solche Frauen... das weiß ich.
Aber ob du...

Der Gatte *(ernst)*.

Kennst du eine solche Frau?

Die junge Frau.

Ja, ich weiß das selber nicht.

Der Gatte.

Ist unter deinen Freundinnen vielleicht eine solche Frau?

Die junge Frau.

Ja, wie kann ich das mit Bestimmtheit behaupten – oder verneinen?

Der Gatte.

Hat dir vielleicht einmal eine deiner Freundinnen... Man spricht über gar
manches, wenn man so – die Frauen unter sich – hat dir eine gestanden –?

Die junge Frau *(unsicher)*.

Nein.

Der Gatte.

Hast du bei irgendeiner deiner Freundinnen den Verdacht, dass sie...

Die junge Frau.

Verdacht... oh... Verdacht.

Der Gatte.

Es scheint.

Die junge Frau.

Gewiss nicht Karl, sicher nicht. Wenn ich mir's so überlege – ich trau' es
doch keiner zu.

Der Gatte.

Keiner?

Die junge Frau.

Von meinen Freundinnen keiner.

Der Gatte.

Versprich mir etwas, Emma.

Die junge Frau.

Nun.

Der Gatte.

Dass du nie mit einer Frau verkehren wirst, bei der du auch den leisesten Verdacht hast, dass sie... kein ganz tadelloses Leben führt.

Die junge Frau.

Das muss ich dir erst versprechen?

Der Gatte.

Ich weiß ja, dass du den Verkehr mit solchen Frauen nicht suchen wirst. Aber der Zufall könnte es fügen, dass du... Ja, es ist sogar sehr häufig, dass gerade solche Frauen, deren Ruf nicht der beste ist, die Gesellschaft von anständigen Frauen suchen, teils um sich ein Relief zu geben, teils aus einem gewissen... wie soll ich sagen... aus einem gewissen Heimweh nach der Tugend.

Die junge Frau.

So.

Der Gatte.

Ja. Ich glaube, dass das sehr richtig ist, was ich da gesagt habe. Heimweh nach der Tugend. Denn dass diese Frauen alle eigentlich sehr unglücklich sind, das kannst du mir glauben.

Die junge Frau.

Warum?

Der Gatte.

Du fragst, Emma? – Wie kannst du denn nur fragen? – Stell dir doch vor, was diese Frauen für eine Existenz führen! Voll Lüge, Tücke, Gemeinheit und voll Gefahren.

Die junge Frau.

Ja freilich. Da hast du schon recht.

Der Gatte.

Wahrhaftig – sie bezahlen das bisschen Glück... das bisschen...

Die junge Frau.

Vergnügen.

Der Gatte.

Warum Vergnügen? Wie kommst du darauf, das Vergnügen zu nennen?

Die junge Frau.

Nun – etwas muss es doch sein –! Sonst täten sie's ja nicht.

Der Gatte.

Nichts ist es... ein Rausch.

Die junge Frau *(nachdenklich)*.

Ein Rausch.

Der Gatte.

Nein, es ist nicht einmal ein Rausch. Wie immer teuer bezahlt, das ist gewiss!

Die junge Frau.

Also... du hast das einmal mitgemacht – nicht wahr?

Der Gatte.

Ja, Emma. – Es ist meine traurigste Erinnerung.

Die junge Frau.

Wer ist's? Sag! Kenn' ich sie?

Der Gatte.

Was fällt dir denn ein?

Die junge Frau.

Ist's lange her? War es sehr lang, bevor du mich geheiratet hast?

Der Gatte.

Frag nicht. Ich bitt' dich, frag nicht.

Die junge Frau.

Aber Karl!

Der Gatte.

Sie ist tot.

Die junge Frau.

Im Ernst?

Der Gatte.

Ja... es klingt fast lächerlich, aber ich habe die Empfindung, dass alle diese Frauen jung sterben.

Die junge Frau.

Hast du sie sehr geliebt?

Der Gatte.

Lügnerinnen liebt man nicht.

Die junge Frau.

Also warum...

Der Gatte.

Ein Rausch...

Die junge Frau.

Also doch?

Der Gatte.

Sprich nicht mehr davon, ich bitt' dich. Alles das ist lang vorbei. Geliebt hab' ich nur eine – das bist du. Man liebt nur, wo Reinheit und Wahrheit ist.

Die junge Frau.

Karl!

Der Gatte.

Oh, wie sicher, wie wohl fühlt man sich in solchen Armen. Warum hab' ich dich nicht schon als Kind gekannt? Ich glaube, dann hätt' ich andere Frauen überhaupt nicht angesehen.

Die junge Frau.

Karl!

Der Gatte.

Und schön bist du!... Schön!... O komm... *(Er löscht das Licht aus.)*

Die junge Frau.

Weißt du, woran ich heute denken muss?

Der Gatte.

Woran, mein Schatz?

Die junge Frau.

An... an... an Venedig.

Der Gatte.

Die erste Nacht...

Die junge Frau.

Ja... so...

Der Gatte.

Was denn –? So sag's doch!

Die junge Frau.

So lieb hast du mich heut.

Der Gatte.

Ja, so lieb.

Die junge Frau.

Ah... Wenn du immer...

Der Gatte *(in ihren Armen)*.

Wie?

Die junge Frau.

Mein Karl!

Der Gatte.

Was meintest du? Wenn ich immer...

Die junge Frau.

Nun ja.

Der Gatte.

Nun, was wär' denn, wenn ich immer...?

Die junge Frau.

Dann wüsst' ich eben immer, dass du mich lieb hast.

Der Gatte.

Ja. Du musst es aber auch so wissen. Man ist nicht immer der liebende Mann, man muss auch zuweilen hinaus ins feindliche Leben, muss kämpfen und streben! Das vergiss nie, mein Kind! Alles hat seine Zeit in der Ehe – das ist eben das Schöne. Es gibt nicht viele, die sich noch nach fünf Jahren an – ihr Venedig erinnern.

Die junge Frau.

Freilich!

Der Gatte.

Und jetzt... gute Nacht, mein Kind.

Die junge Frau.

Gute Nacht!

Der Gatte und Das süße Mädel.

Ein Cabinetparticulier im Riedhof. Behagliche, mäßige Eleganz. Der Gasofen brennt. –
Der Gatte. Das süße Mädel.
Auf dem Tisch sind die Reste einer Mahlzeit zu sehen; Obersschaumbaisers, Obst, Käse. In den Weingläsern ein ungarischer weißer Wein.

Der Gatte *(raucht eine Havannazigarre, er lehnt in der Ecke des Diwans).*
Das süße Mädel *(sitzt neben ihm auf dem Sessel und löffelt aus einem Baiser den Obersschaum heraus, den sie mit Behagen schlürft).*
Der Gatte.
Schmeckt's?
Das süße Mädel *(lässt sich nicht stören).*
Oh!
Der Gatte.
Willst du noch eins?
Das süße Mädel.
Nein, ich hab' so schon zu viel gegessen.
Der Gatte.
Du hast keinen Wein mehr. *(Er schenkt ein.)*
Das süße Mädel.
Nein... aber schaun S', ich lass' ihn ja eh stehen.
Der Gatte.
Schon wieder sagst du Sie.
Das süße Mädel.
So? – Ja wissen S', man gewöhnt sich halt so schwer.
Der Gatte.
Weißt du.
Das süße Mädel.
Was denn?
Der Gatte.
Weißt du, sollst du sagen; nicht wissen S'. Komm, setz dich zu mir.
Das süße Mädel.
Gleich... bin noch nicht fertig.
Der Gatte *(steht auf, stellt sich hinter den Sessel und umarmt Das süße*

Mädel., indem er ihren Kopf zu sich wendet).

Das süße Mädel.

Na, was ist denn?

Der Gatte.

Einen Kuss möcht' ich haben.

Das süße Mädel *(gibt ihm einen Kuss).*

Sie sind... o pardon, du bist ein kecker Mensch.

Der Gatte.

Jetzt fällt dir das ein?

Das süße Mädel.

Ah nein, eingefallen ist es mir schon früher... schon auf der Gassen. – Sie müssen –

Der Gatte.

Du musst.

Das süße Mädel.

Du musst dir eigentlich was Schönes von mir denken.

Der Gatte.

Warum denn?

Das süße Mädel.

Dass ich gleich so mit Ihnen ins chambre separée gegangen bin.

Der Gatte.

Na, gleich kann man doch nicht sagen.

Das süße Mädel.

Aber Sie können halt so schön bitten.

Der Gatte.

Findest du?

Das süße Mädel.

Und schließlich, was ist denn dabei?

Der Gatte.

Freilich.

Das süße Mädel.

Ob man spazierengeht oder –

Der Gatte.

Zum Spazierengehen ist es auch viel zu kalt.

Das süße Mädel.

Natürlich ist zu kalt gewesen.

Der Gatte.

Aber da ist es angenehm warm; was? *(Er hat sich wieder niedergesetzt, umschlingt Das süße Mädel. und zieht sie an seine Seite.)*

Das süße Mädel *(schwach).*

Na.

Der Gatte.

Jetzt sag einmal... Du hast mich schon früher bemerkt gehabt, was?

Das süße Mädel.

Natürlich. Schon in der Singerstraßen.

Der Gatte.

Nicht heut, mein' ich. Auch vorgestern und vorvorgestern, wie ich dir nachgegangen bin.

Das süße Mädel.

Mir gehn gar viele nach.

Der Gatte.

Das kann ich mir denken. Aber ob du mich bemerkt hast.

Das süße Mädel.

Wissen S'... ah... weißt, was mir neulich passiert ist? Da ist mir der Mann von meiner Cousine nachg'stiegen in der Dunkeln und hat mich nicht 'kennt.

Der Gatte.

Hat er dich angesprochen?

Das süße Mädel.

Aber was glaubst denn? Meinst, es ist jeder so keck wie du?

Der Gatte.

Aber es kommt doch vor.

Das süße Mädel.

Natürlich kommt's vor.

Der Gatte.

Na, was machst du da?

Das süße Mädel.

Na, nichts – Keine Antwort geb' ich halt.

Der Gatte.

Hm... mir hast du aber eine Antwort gegeben.

Das süße Mädel.

Na, sind S' vielleicht bös'?

Der Gatte *(küsst sie heftig).*

Deine Lippen schmecken nach dem Obersschaum.

Das süße Mädel.

Oh, die sind von Natur aus süß.

Der Gatte.

Das haben dir schon viele gesagt?

Das süße Mädel.

Viele!! Was du dir wieder einbildest!

Der Gatte.

Na, sei einmal ehrlich. Wie viele haben den Mund da schon geküsst?

Das süße Mädel.

Was fragst mich denn? Du möcht'st mir's ja doch nicht glauben, wenn ich dir's sag'!

Der Gatte.

Warum denn nicht?

Das süße Mädel.

Rat einmal.

Der Gatte.

Na, sagen wir – aber du darfst nicht bös' sein?

Das süße Mädel.

Warum sollt' ich denn bös' sein?

Der Gatte.

Also ich schätze... zwanzig.

Das süße Mädel *(sich von ihm losmachend).*

Na – warum nicht gleich hundert?

Der Gatte.

Ja, ich hab' eben geraten.

Das süße Mädel.

Da hast du aber nicht gut geraten.

Der Gatte.

Also zehn.

Das süße Mädel *(beleidigt).*

Freilich. Eine, die sich auf der Gassen anreden lässt und gleich mitgeht ins chambre separée!

Der Gatte.

Sei doch nicht so kindisch. Ob man auf der Straßen herumläuft oder in einem Zimmer sitzt... Wir sind doch da in einem Gasthaus. Jeden Moment kann der Kellner hereinkommen – da ist doch wirklich gar nichts dran...

Das süße Mädel.

Das hab' ich mir eben auch gedacht.

Der Gatte.

Warst du schon einmal in einem chambre separée?

Das süße Mädel.

Also, wenn ich die Wahrheit sagen soll ja.

Der Gatte.

Siehst du, das g'fallt mir, dass du doch wenigstens aufrichtig bist.

Das süße Mädel.

Aber nicht so – wie du dir's wieder denkst. Mit einer Freundin und ihrem Bräutigam bin ich im chambre separée gewesen, heuer im Fasching einmal.

Der Gatte.

Es wär' ja auch kein Malheur, wenn du einmal – mit deinem Geliebten –

Das süße Mädel.

Natürlich wär's kein Malheur. Aber ich hab' kein' Geliebten.

Der Gatte.

Na geh.

Das süße Mädel.

Meiner Seel', ich hab' keinen.

Der Gatte.

Aber du wirst mir doch nicht einreden wollen, dass ich...

Das süße Mädel.

Was denn?... Ich hab' halt keinen – schon seit mehr als einem halben Jahr.

Der Gatte.

Ah so... Aber vorher? Wer war's denn?

Das süße Mädel.

Was sind S' denn gar so neugierig?

Der Gatte.

Ich bin neugierig, weil ich dich lieb hab'.

Das süße Mädel.

Is wahr?

Der Gatte.

Freilich. Das musst du doch merken. Erzähl mir also. *(Drückt sie fest an sich).*

Das süße Mädel.

Was soll ich dir denn erzählen?

Der Gatte.

So lass dich doch nicht so lang bitten. Wer's gewesen ist, möcht' ich wissen.

Das süße Mädel *(lachend).*

Na ein Mann halt.

Der Gatte.

Also – also – wer war's?

Das süße Mädel.

Ein bissel ähnlich hat er dir gesehen.

Der Gatte.

So.

Das süße Mädel.

Wenn du ihm nicht so ähnlich schauen tät'st –

Der Gatte.

Was wär' dann?

Das süße Mädel.

Na also frag nicht, wennst schon siehst, dass...

Der Gatte *(versteht).*

Also darum hast du dich von mir anreden lassen.

Das süße Mädel.

Na also ja.

Der Gatte.

Jetzt weiß ich wirklich nicht, soll ich mich freuen oder soll ich mich ärgern.

Das süße Mädel.

Na, ich an deiner Stell' tät' mich freuen.

Der Gatte.

Na ja.

Das süße Mädel.

Und auch im Reden erinnerst du mich so an ihn... und wie du einen anschaust...

Der Gatte.

Was ist er denn gewesen?

Das süße Mädel.

Nein, die Augen –

Der Gatte.

Wie hat er denn geheißen?

Das süße Mädel.

Nein, schau mich nicht so an, ich bitt' dich.

Der Gatte *(umfängt sie. Langer, heißer Kuss).*

Das süße Mädel *(schüttelt sich, will aufstehen).*

Der Gatte.

Warum gehst du fort von mir?

Das süße Mädel.

Es wird Zeit zum z'Haus Gehn.

Der Gatte.

Später.

Das süße Mädel.

Nein, ich muss wirklich schon z'Haus gehen. Was glaubst denn, was die Mutter sagen wird.

Der Gatte.

Du wohnst bei deiner Mutter?

Das süße Mädel.

Natürlich wohn' ich bei meiner Mutter. Was hast denn geglaubt?

Der Gatte.

So – bei der Mutter. Wohnst du allein mit ihr?

Das süße Mädel.

Ja freilich allein! Fünf sind wir! Zwei Buben und noch zwei Mädeln.

Der Gatte.

So setz dich doch nicht so weit fort von mir. Bist du die älteste?

Das süße Mädel.

Nein, ich bin die zweite. Zuerst kommt die Kathi; die ist im G'schäft, in einer Blumenhandlung, dann komm' ich.

Der Gatte.

Wo bist du?

Das süße Mädel.

Na, ich bin z'Haus.

Der Gatte.

Immer?

Das süße Mädel.

Es muss doch eine z'Haus sein.

Der Gatte.

Freilich. Ja – und was sagst du denn eigentlich deiner Mutter, wenn du – so spät nach Haus kommst?

Das süße Mädel.

Das ist ja so eine Seltenheit.

Der Gatte.

Also heut zum Beispiel. Deine Mutter fragt dich doch?

Das süße Mädel.

Natürlich fragt s' mich. Da kann ich Obacht geben, so viel ich will – wenn ich nach Haus komm', wacht s' auf.

Der Gatte.

Also was sagst du ihr da?

Das süße Mädel.

Na, im Theater werd' ich halt gewesen sein.

Der Gatte.

Und glaubt sie das?

Das süße Mädel.

Na, warum soll s' mir denn nicht glauben? Ich geh' ja oft ins Theater. Erst am Sonntag war ich in der Oper mit meiner Freundin und ihrem Bräutigam und mein' älter'n Bruder.

Der Gatte.

Woher habt ihr denn da die Karten?

Das süße Mädel.

Aber, mein Bruder ist ja Friseur.

Der Gatte.

Ja, die Friseure... ah, wahrscheinlich Theaterfriseur.

Das süße Mädel.

Was fragst mich denn so aus?

Der Gatte.

Es interessiert mich halt. Und was ist denn der andere Bruder?

Das süße Mädel.

Der geht noch in die Schul'. Der will ein Lehrer werden. Nein... so was!

Der Gatte.

Und dann hast du noch eine kleine Schwester?

Das süße Mädel.

Ja, die ist noch ein Fratz, aber auf die muss man schon heut so aufpassen. Hast du denn eine Idee, wie die Mädeln in der Schule verdorben werden! Was glaubst! Neulich hab' ich sie bei einem Rendezvous erwischt.

Der Gatte.

Was?

Das süße Mädel.

Ja! Mit einem Buben von der Schul' vis-à-vis ist sie abends um halber acht in der Strozzigasse spazierengegangen. So ein Fratz!

Der Gatte.

Und, was hast du da gemacht?

Das süße Mädel.

Na, Schläg' hat s' kriegt!

Der Gatte.

So streng bist du?

Das süße Mädel.

Na, wer soll's denn sein? Die ältere ist im G'schäft, die Mutter tut nichts als raunzen; – kommt immer alles auf mich.

Der Gatte.

Herrgott, bist du lieb! *(Küsst sie und wird zärtlicher.)* Du erinnerst mich auch an wen.

Das süße Mädel.

So – an wen denn?

Der Gatte.

An keine bestimmte... an die Zeit... na, halt an meine Jugend. Geh, trink, mein Kind!

Das süße Mädel.

Ja, wie alt bist du denn?... Du... ja... ich weiß ja nicht einmal, wie du heißt.

Der Gatte.

Karl.

Das süße Mädel.

Ist's möglich! Karl heißt du?

Der Gatte.

Er hat auch Karl geheißen?

Das süße Mädel.

Nein, das ist aber schon das reine Wunder... das ist ja – nein, die Augen... Das G'schau... *(Schüttelt den Kopf)*.

Der Gatte.

Und wer er war – hast du mir noch immer nicht gesagt.

Das süße Mädel.

Ein schlechter Mensch ist er gewesen – das ist g'wiss, sonst hätt' er mich nicht sitzenlassen.

Der Gatte.

Hast ihn sehr gern g'habt?

Das süße Mädel.

Freilich hab' ich ihn gern g'habt!

Der Gatte.

Ich weiß, was er war, Lieutenant.

Das süße Mädel.

Nein, bei Militär war er nicht. Sie haben ihn nicht genommen. Sein Vater hat ein Haus in der... aber was brauchst du das zu wissen?

Der Gatte *(küsst sie).*

Du hast eigentlich graue Augen, anfangs hab' ich gemeint, sie sind schwarz.

Das süße Mädel.

Na sind s' dir vielleicht nicht schön genug?

Der Gatte *(küsst ihre Augen).*

Das süße Mädel.

Nein, nein – das vertrag' ich schon gar nicht... o bitt' dich – o Gott... nein, lass mich aufstehn... nur für einen Moment... bitt' dich.

Der Gatte *(immer zärtlicher).*

O nein.

Das süße Mädel.

Aber ich bitt' dich, Karl...

Der Gatte.

Wie alt bist du? Achtzehn, was?

Das süße Mädel.

Neunzehn vorbei.

Der Gatte.

Neunzehn... und ich –

Das süße Mädel.

Du bist dreißig...

Der Gatte.

Und einige drüber. – Reden wir nicht davon.

Das süße Mädel.

Er war auch schon zweiunddreißig, wie ich ihn kennengelernt hab'.

Der Gatte.

Wie lang ist das her?

Das süße Mädel.

Ich weiß nimmer... Du, in dem Wein muss was drin gewesen sein.

Der Gatte.

Ja, warum denn?

Das süße Mädel.

Ich bin ganz... weißt – mir dreht sich alles.

Der Gatte.

So halt dich fest an mich. So... *(Er drückt sie an sich und wird immer zärtlicher, sie wehrt kaum ab).* Ich werd' dir was sagen, mein Schatz, wir könnten jetzt wirklich gehn.

Das süße Mädel.

Ja... nach Haus.

Der Gatte.

Nicht grad nach Haus...

Das süße Mädel.

Was meinst denn?... O nein, o nein... ich geh' nirgends hin, was fallt dir denn ein –

Der Gatte.

Also hör mich nur an, mein Kind, das nächste Mal, wenn wir uns treffen, weißt du, da richten wir uns das so ein, dass... *(Er ist zu Boden gesunken, hat seinen Kopf in ihrem Schoß).* Das ist angenehm, oh, das ist angenehm.

Das süße Mädel.

Was machst denn? *(Sie küsst seine Haare.)* Du, in dem Wein muss was drin gewesen sein – so schläfrig... du, was g'schieht denn, wenn ich nimmer aufstehn kann? Aber, aber, schau, aber Karl... und wenn wer hereinkommt... ich bitt' dich... der Kellner.

Der Gatte.

Da... kommt sein Lebtag... kein Kellner... herein...

Das süße Mädel *(lehnt mit geschlossenen Augen in der Diwanecke).*

Der Gatte *(geht in dem kleinen Raum auf und ab, nachdem er sich eine Zigarette angezündet).*

(Längeres Schweigen.)

Der Gatte *(betrachtet Das süße Mädel lange, für sich).*

Wer weiß, was das eigentlich für eine Person ist – Donnerwetter... So schnell... War nicht sehr vorsichtig von mir... Hm...

Das süße Mädel *(ohne die Augen zu öffnen).*

In dem Wein muss was drin gewesen sein.

Der Gatte.

Ja, warum denn?

Das süße Mädel.

Sonst...

Der Gatte.

Warum schiebst du denn alles auf den Wein?...

Das süße Mädel.

Wo bist denn? Warum bist denn so weit? Komm doch zu mir.

Der Gatte *(zu ihr hin, setzt sich).*

Das süße Mädel.

Jetzt sag mir, ob du mich wirklich gern hast.

Der Gatte.

Das weißt du doch... *(Er unterbricht sich rasch.)* Freilich.

Das süße Mädel.

Weißt... es ist doch... Geh, sag mir die Wahrheit, was war in dem Wein?

Der Gatte.

Ja, glaubst du, ich bin ein... ich bin ein Giftmischer?

Das süße Mädel.

Ja, schau, ich versteh's halt nicht. Ich bin doch nicht so... Wir kennen uns doch erst seit... Du, ich bin nicht so... meiner Seel' und Gott, – wenn du das von mir glauben tät'st –

Der Gatte.

Ja – was machst du dir denn da für Sorgen. Ich glaub' gar nichts Schlechtes von dir. Ich glaub' halt, dass du mich liebhast.

Das süße Mädel.

Ja...

Der Gatte.

Schließlich, wenn zwei junge Leut' allein in einem Zimmer sind, und nachtmahlen und trinken Wein... es braucht gar nichts drin zu sein in dem Wein.

Das süße Mädel.

Ich hab's ja auch nur so g'sagt.

Der Gatte.

Ja, warum denn?

Das süße Mädel *(eher trotzig).*

Ich hab' mich halt g'schämt.

Der Gatte.

Das ist lächerlich. Dazu liegt gar kein Grund vor. Um so mehr als ich dich an deinen ersten Geliebten erinnere.

Das süße Mädel.

Ja.

Der Gatte.

An den ersten.

Das süße Mädel.

Na ja...

Der Gatte.

Jetzt möcht' es mich interessieren, wer die anderen waren.

Das süße Mädel.

Niemand.

Der Gatte.

Das ist ja nicht wahr, das kann ja nicht wahr sein.

Das süße Mädel.

Geh, bitt' dich, sekkier mich nicht. –

Der Gatte.

Willst eine Zigarette?

Das süße Mädel.

Nein, ich dank' schön.

Der Gatte.

Weißt du, wie spät es ist?

Das süße Mädel.

Na?

Der Gatte.

Halb zwölf

Das süße Mädel.

So!

Der Gatte.

Na... und die Mutter? Die ist es gewöhnt, was?

Das süße Mädel.

Willst mich wirklich schon z' Haus schicken?

Der Gatte.

Ja, du hast doch früher selbst –

Das süße Mädel.

Geh, du bist aber wie ausgewechselt. Was hab' ich dir denn getan?

Der Gatte.

Aber Kind, was hast du denn, was fällt dir denn ein?

Das süße Mädel.

Und es ist nur dein G'schau gewesen, meiner Seel', sonst hätt'st du lang... haben mich schon viele gebeten, ich soll mit ihnen ins chambre separée gehen.

Der Gatte.

Na, willst du... bald wieder mit mir hieher... oder auch woanders –

Das süße Mädel.

Weiß nicht.

Der Gatte.

Was heißt das wieder Du weißt nicht.

Das süße Mädel.

Na, wenn du mich erst fragst?

Der Gatte.

Also wann? Ich möcht' dich nur vor allem aufklären, dass ich nicht in Wien lebe. Ich komm' nur von Zeit zu Zeit auf ein paar Tage her.

Das süße Mädel.

Ah geh, du bist kein Wiener?

Der Gatte.

Wiener bin ich schon. Aber ich lebe jetzt in der Nähe...

Das süße Mädel.

Wo denn?

Der Gatte.

Ach Gott, das ist ja egal.

Das süße Mädel.

Na, fürcht dich nicht, ich komm' nicht hin.

Der Gatte.

O Gott, wenn es dir Spaß macht, kannst du auch hinkommen. Ich lebe in Graz.

Das süße Mädel.

Im Ernst?

Der Gatte.

Na ja, was wundert dich denn daran?

Das süße Mädel.

Du bist verheiratet, wie?

Der Gatte *(höchst erstaunt).*

Ja, wie kommst du darauf?

Das süße Mädel.

Mir ist halt so vorgekommen.

Der Gatte.

Und das würde dich gar nicht genieren?

Das süße Mädel.

Na, lieber ist mir schon, du bist ledig. – Aber du bist ja doch verheiratet! –

Der Gatte.

Ja, sag mir nur, wie kommst du denn da darauf?

Das süße Mädel.

Wenn einer sagt, er lebt nicht in Wien und hat nicht immer Zeit –

Der Gatte.

Das ist doch nicht so unwahrscheinlich.

Das süße Mädel.

Ich glaub's nicht.

Der Gatte.

Und da möchtest du dir gar kein Gewissen machen, dass du einen Ehemann zur Untreue verführst?

Das süße Mädel.

Ah was, deine Frau macht's sicher nicht anders als du.

Der Gatte *(sehr empört).*

Du, das verbiet' ich mir. Solche Bemerkungen –

Das süße Mädel.

Du hast ja keine Frau, hab' ich geglaubt.

Der Gatte.

Ob ich eine hab' oder nicht – man macht keine solche Bemerkungen. *(Er ist aufgestanden.)*

Das süße Mädel.

Karl, na Karl, was ist denn? Bist bös'? Schau, ich hab's ja wirklich nicht gewusst, dass du verheiratet bist. Ich hab' ja nur so g'redt. Geh, komm und sei wieder gut.

Der Gatte *(kommt nach ein paar Sekunden zu ihr).*

Ihr seid wirklich sonderbare Geschöpfe, ihr... Weiber. *(Er wird wieder zärtlich an ihrer Seite.)*

Das süße Mädel.

Geh... nicht... es ist auch schon so spät. –

Der Gatte.

Also jetzt hör mir einmal zu. Reden wir einmal im Ernst miteinander. Ich möcht' dich wiedersehen, öfter wiedersehen.

Das süße Mädel.

Is wahr?

Der Gatte.

Aber dazu ist notwendig... also verlassen muss ich mich auf dich können. Aufpassen kann ich nicht auf dich.

Das süße Mädel.

Ah, ich pass' schon selber auf mich auf.

Der Gatte.

Du bist... na also, unerfahren kann man ja nicht sagen – aber jung bist du – und – die Männer sind im allgemeinen ein gewissenloses Volk.

Das süße Mädel.

O jeh!

Der Gatte.

Ich mein' das nicht nur in moralischer Hinsicht. – Na, du verstehst mich sicher. –

Das süße Mädel.

Ja, sag mir, was glaubst du denn eigentlich von mir?

Der Gatte.

Also – wenn du mich liebhaben willst – nur mich – so können wir's uns schon einrichten – wenn ich auch für gewöhnlich in Graz wohne. Da, wo jeden Moment wer hereinkommen kann, ist es ja doch nicht das Rechte.

Das süße Mädel *(schmiegt sich an ihn).*

Der Gatte.

Das nächste Mal... werden wir woanders zusammensein, ja?

Das süße Mädel.

Ja.

Der Gatte.

Wo wir ganz ungestört sind.

Das süße Mädel.

Ja.

Der Gatte *(umfängt sie heiß).*

Das andere besprechen wir im Nachhausfahren. *(Steht auf, öffnet die Tür.)*

Kellner... die Rechnung!

Das süße Mädel. und Der Dichter.

Ein kleines Zimmer, mit behaglichem Geschmack eingerichtet. Vorhänge, welche das Zimmer halbdunkel machen. Rote Stores. Großer Schreibtisch, auf dem Papiere und Bücher herumliegen. Ein Pianino an der Wand.
Das süße Mädel. Der Dichter.
Sie kommen eben zusammen herein. Der Dichter. schließt zu.

Der Dichter. So, mein Schatz. *(küsst sie).*
Das süße Mädel *(mit Hut und Mantille).*
Ah! Da ist aber schön! Nur sehen tut man nichts!
Der Dichter.
Deine Augen müssen sich an das Halbdunkel gewöhnen. – Diese süßen Augen. *(küsst sie auf die Augen).*
Das süße Mädel.
Dazu werden die süßen Augen aber nicht Zeit genug haben.
Der Dichter.
Warum denn?
Das süße Mädel.
Weil ich nur eine Minuten dableib'.
Der Dichter.
Den Hut leg ab, ja?
Das süße Mädel.
Wegen der einen Minuten?
Der Dichter *(nimmt die Nadel aus ihrem Hut und legt den Hut fort).*
Und die Mantille –
Das süße Mädel.
Was willst denn? – Ich muss ja gleich wieder fortgehen.
Der Dichter.
Aber du musst dich doch ausruhn! Wir sind ja drei Stunden gegangen.
Das süße Mädel.
Wir sind gefahren.
Der Dichter.
Ja, nach Haus – aber in Weidling am Bach sind wir doch drei volle Stunden herumgelaufen. Also setz dich nur schön nieder, mein Kind... wohin du willst; – hier an den Schreibtisch; – aber nein, das ist nicht bequem. Setz

dich auf den Diwan. – So. *(Er drückt sie nieder.)* Bist du sehr müd', so kannst du dich auch hinlegen. So. *(Er legt sie auf den Diwan.)* Da das Kopferl auf den Polster.

Das süße Mädel *(lachend).*

Aber ich bin ja gar nicht müd'!

Der Dichter.

Das glaubst du nur. So – und wenn du schläfrig bist, kannst du auch schlafen. Ich werde ganz still sein. Übrigens kann ich dir ein Schlummerlied vorspielen... von mir... *(Geht zum Pianino.)*

Das süße Mädel.

Von dir?

Der Dichter.

Ja.

Das süße Mädel.

Ich hab' 'glaubt, Robert, du bist ein Doktor.

Der Dichter.

Wieso? Ich hab' dir doch gesagt, dass ich Schriftsteller bin.

Das süße Mädel.

Die Schriftsteller sind doch alle Doktors.

Der Dichter.

Nein; nicht alle. Ich z. B. nicht. Aber wie kommst du jetzt darauf.

Das süße Mädel.

Na, weil du sagst, das Stück, was du da spielen tust, ist von dir.

Der Dichter.

Ja... vielleicht ist es auch nicht von mir. Das ist ja ganz egal. Was? Überhaupt wer's gemacht hat, das ist immer egal. Nur schön muss es sein – nicht wahr?

Das süße Mädel.

Freilich... schön muss es sein – das ist die Hauptsach'! –

Der Dichter.

Weißt du, wie ich das gemeint hab'?

Das süße Mädel.

Was denn?

Der Dichter.

Na, was ich eben gesagt hab'.

Das süße Mädel *(schläfrig).*

Na freilich.

Der Dichter *(steht auf; zu ihr, ihr das Haar streichelnd)*.

Kein Wort hast du verstanden.

Das süße Mädel.

Geh, ich bin doch nicht so dumm.

Der Dichter.

Freilich bist du so dumm. Aber gerade darum hab' ich dich lieb. Ah, das ist so schön, wenn ihr dumm seid. Ich mein' in der Art wie du.

Das süße Mädel.

Geh, was schimpfst denn?

Der Dichter.

Engel, kleiner. Nicht wahr, es liegt sich gut auf dem weichen, persischen Teppich?

Das süße Mädel.

O ja. Geh, willst nicht weiter Klavier spielen?

Der Dichter.

Nein, ich bin schon lieber da bei dir. *(Streichelt sie.)*

Das süße Mädel.

Geh, willst nicht lieber Licht machen?

Der Dichter.

O nein... Diese Dämmerung tut ja so wohl. Wir waren heute den ganzen Tag wie in Sonnenstrahlen gebadet. Jetzt sind wir sozusagen aus dem Bad gestiegen und schlagen... die Dämmerung wie einen Badmantel. *(lacht)* ah nein – das muss anders gesagt werden... Findest du nicht?

Das süße Mädel.

Weiß nicht.

Der Dichter *(sich leicht von ihr entfernend)*.

Göttlich, diese Dummheit! *(Nimmt ein Notizbuch und schreibt ein paar Worte hinein)*.

Das süße Mädel.

Was machst denn? *(Sich nach ihm umwendend)*. Was schreibst dir denn auf?

Der Dichter *(leise)*.

Sonne, Bad, Dämmerung, Mantel... so... *(Steckt das Notizbuch ein. Laut)*. Nichts... Jetzt sag einmal, mein Schatz, möchtest du nicht etwas essen oder trinken?

Das süße Mädel.

Durst hab' ich eigentlich keinen. Aber Appetit.

Der Dichter.

Hm... mir wär' lieber, du hättest Durst. Cognac hab' ich nämlich zu Haus, aber Essen müsste ich erst holen.

Das süße Mädel.

Kannst nichts holen lassen?

Der Dichter.

Das ist schwer, meine Bedienerin ist jetzt nicht mehr da – na wart – ich geh' schon selber... was magst du denn?

Das süße Mädel.

Aber es zahlt sich ja wirklich nimmer aus, ich muss ja sowieso zu Haus.

Der Dichter.

Kind, davon ist keine Rede. Aber ich werd' dir was sagen wenn wir weggehn, gehn wir zusammen wohin nachtmahlen.

Das süße Mädel.

O nein. Dazu hab' ich keine Zeit. Und dann, wohin sollen wir denn? Es könnt' uns ja wer Bekannter sehn.

Der Dichter.

Hast du denn gar so viel Bekannte?

Das süße Mädel.

Es braucht uns ja nur einer zu sehn, ist's Malheur schon fertig.

Der Dichter.

Was ist denn das für ein Malheur?

Das süße Mädel.

Na, was glaubst, wenn die Mutter was hört...

Der Dichter.

Wir können ja doch irgendwohin gehen, wo uns niemand sieht, es gibt ja Gasthäuser mit einzelnen Zimmern.

Das süße Mädel *(singend)*.

Ja, beim Souper im chambre separée!

Der Dichter.

Warst du schon einmal in einem chambre separée?

Das süße Mädel.

Wenn ich die Wahrheit sagen soll – ja.

Der Dichter.

Wer war der Glückliche?

Das süße Mädel.

Oh, das ist nicht, wie du meinst... ich war mit meiner Freundin und ihrem Bräutigam. Die haben mich mitgenommen.

Der Dichter.

So. Und das soll ich dir am End' glauben?

Das süße Mädel.

Brauchst mir ja nicht zu glauben!

Der Dichter *(nah bei ihr).*

Bist du jetzt rot geworden? Man sieht nichts mehr! Ich kann deine Züge nicht mehr ausnehmen. *(Mit seiner Hand berührt er ihre Wangen.)* Aber auch so erkenn' ich dich.

Das süße Mädel.

Na, pass nur auf, dass du mich mit keiner andern verwechselst.

Der Dichter. Es ist seltsam, ich kann mich nicht mehr erinnern, wie du aussiehst.

Das süße Mädel.

Dank' schön!

Der Dichter *(ernst).*

Du, das ist beinah unheimlich, ich kann mir dich nicht vorstellen – In einem gewissen Sinne hab' ich dich schon vergessen – Wenn ich mich auch nicht mehr an den Klang deiner Stimme erinnern könnte... was wärst du da eigentlich? – Nah und fern zugleich... unheimlich.

Das süße Mädel.

Geh, was red'st denn –?

Der Dichter.

Nichts, mein Engel, nichts. Wo sind deine Lippen... *(Er küsst sie.)*

Das süße Mädel.

Willst nicht lieber Licht machen?

Der Dichter.

Nein... *(Er wird sehr zärtlich.)* Sag, ob du mich liebhast.

Das süße Mädel.

Sehr... o sehr!

Der Dichter.

Hast du schon irgendwen so lieb gehabt wie mich?

Das süße Mädel.

Ich hab' dir ja schon gesagt, nein.

Der Dichter.

Aber... *(Er seufzt)*.

Das süße Mädel.

Das ist ja mein Bräutigam gewesen.

Der Dichter.

Es wär' mir lieber, du würdest jetzt nicht an ihn denken.

Das süße Mädel.

Geh... was machst denn... schau...

Der Dichter.

Wir können uns jetzt auch vorstellen, dass wir in einem Schloss in Indien sind.

Das süße Mädel.

Dort sind s' gewiss nicht so schlimm wie du.

Der Dichter.

Wie blöd! Göttlich – Ah, wenn du ahntest, was du für mich bist...

Das süße Mädel.

Na?

Der Dichter.

Stoß mich doch nicht immer weg; ich tu' dir ja nichts – vorläufig.

Das süße Mädel.

Du, das Mieder tut mir weh.

Der Dichter *(einfach)*.

Zieh's aus.

Das süße Mädel.

Ja. Aber du darfst deswegen nicht schlimm werden.

Der Dichter. Nein.

Das süße Mädel *(hat sich erhoben und zieht in der Dunkelheit ihr Mieder aus)*.

Der Dichter *(der währenddessen auf dem Diwan sitzt)*.

Sag, interessiert's dich denn gar nicht, wie ich mit dem Zunamen heiß'?

Das süße Mädel.

Ja, wie heißt du denn?

Der Dichter.

Ich werd' dir lieber nicht sagen, wie ich heiß', sondern wie ich mich nenne.

Das süße Mädel.

Was ist denn da für ein Unterschied?

Der Dichter.

Na, wie ich mich als Schriftsteller nenne.

Das süße Mädel.

Ah, du schreibst nicht unter deinem wirklichen Namen?

Der Dichter *(nah zu ihr)*.

Das süße Mädel.

Ah... geh!... Nicht.

Der Dichter.

Was einem da für ein Duft entgegensteigt. Wie süß. *(Er küsst ihren Busen.)*

Das süße Mädel.

Du zerreißt ja mein Hemd.

Der Dichter.

Weg... weg... alles das ist überflüssig.

Das süße Mädel.

Aber Robert!

Der Dichter.

Und jetzt komm in unser indisches Schloss.

Das süße Mädel.

Sag mir zuerst, ob du mich wirklich liebhast.

Der Dichter.

Aber ich bete dich ja an. *(Küsst sie heiß.)* Ich bete dich ja an, mein Schatz, mein Frühling... mein...

Das süße Mädel.

Robert... Robert...

Der Dichter.

Das war überirdische Seligkeit... Ich nenne mich...

Das süße Mädel.

Robert, o mein Robert!

Der Dichter.

Ich nenne mich Biebitz.

Das süße Mädel.

Warum nennst du dich Biebitz?

Der Dichter.

Ich heiße nicht Biebitz – ich nenne mich so... nun, kennst du den Namen vielleicht nicht?

Das süße Mädel.

Nein.

Der Dichter.

Du kennst den Namen Biebitz nicht? Ah – göttlich! Wirklich? Du sagst es nur, dass du ihn nicht kennst, nicht wahr?

Das süße Mädel.

Meiner Seel', ich hab' ihn nie gehört!

Der Dichter.

Gehst du denn nie ins Theater?

Das süße Mädel.

O ja – ich war erst neulich mit einem – weißt, mit dem Onkel von meiner Freundin und meiner Freundin sind wir in der Oper gewesen bei der ›Cavalleria‹.

Der Dichter.

Hm, also ins Burgtheater gehst du nie.

Das süße Mädel.

Da krieg' ich nie Karten geschenkt.

Der Dichter.

Ich werde dir nächstens eine Karte schicken.

Das süße Mädel.

O ja! Aber nicht vergessen! Zu was Lustigem aber.

Der Dichter.

Ja... lustig... zu was Traurigem willst du nicht gehn?

Das süße Mädel.

Nicht gern.

Der Dichter.

Auch wenn's ein Stück von mir ist?

Das süße Mädel.

Geh – ein Stück von dir? Du schreibst fürs Theater?

Der Dichter.

Erlaube, ich will nur Licht machen. Ich habe dich noch nicht gesehen, seit du meine Geliebte bist. – Engel! *(Er zündet eine Kerze an.)*

Das süße Mädel.

Geh, ich schäm' mich ja. Gib mir wenigstens eine Decke.

Der Dichter.

Später! *(Er kommt mit dem Licht zu ihr, betrachtet sie lang.)*

Das süße Mädel *(bedeckt ihr Gesicht mit den Händen).*

Geh, Robert!

Der Dichter.

Du bist schön, du bist die Schönheit, du bist vielleicht sogar die Natur, du bist die heilige Einfalt.

Das süße Mädel.

O weh, du tropfst mich ja an! Schau, was gibst denn nicht acht!

Der Dichter *(stellt die Kerze weg).*

Du bist das, was ich seit langem gesucht habe. Du liebst nur mich, du würdest mich auch lieben, wenn ich Schnittwarencommis wäre. Das tut wohl. Ich will dir gestehen, dass ich einen gewissen Verdacht bis zu diesem Moment nicht losgeworden bin. Sag ehrlich, hast du nicht geahnt, dass ich Biebitz bin?

Das süße Mädel.

Aber geh, ich weiß gar nicht, was du von mir willst. Ich kenn' ja gar kein' Biebitz.

Der Dichter.

Was ist der Ruhm! Nein, vergiss, was ich gesagt habe, vergiss sogar den Namen, den ich dir gesagt hab'. Robert bin ich und will ich für dich bleiben. Ich hab' auch nur gescherzt. *(Leicht).* Ich bin ja nicht Schriftsteller, ich bin Commis, und am Abend spiel' ich bei Volkssängern Klavier.

Das süße Mädel.

Ja, jetzt kenn' ich mich aber nicht mehr aus... nein, und wie du einen nur anschaust. Ja, was ist denn, ja was hast denn?

Der Dichter.

Es ist sehr sonderbar – was mir beinah noch nie passiert ist, mein Schatz, mir sind die Tränen nah. Du ergreifst mich tief. Wir wollen zusammenbleiben, ja? Wir werden einander sehr lieb haben.

Das süße Mädel.

Du, ist das wahr mit den Volkssängern?

Der Dichter.

Ja, aber frag nicht weiter. Wenn du mich liebhast, frag überhaupt nichts. Sag, kannst du dich auf ein paar Wochen ganz frei machen?

Das süße Mädel.

Wieso ganz frei?

Der Dichter.

Nun, vom Hause weg?

Das süße Mädel.

Aber!! Wie kann ich das! Was möcht' die Mutter sagen? Und dann, ohne mich ging' ja alles schief zu Haus.

Der Dichter.

Ich hatte es mir schön vorgestellt, mit dir zusammen, allein mit dir, irgendwo in der Einsamkeit draußen, im Wald, in der Natur ein paar Wochen zu leben. Natur... in der Natur. Und dann, eines Tages adieu – voneinandergehen, ohne zu wissen, wohin.

Das süße Mädel.

Jetzt red'st schon vom Adieusagen! Und ich hab' gemeint, dass du mich so gern hast.

Der Dichter.

Gerade darum – *(Beugt sich zu ihr und küsst sie auf die Stirn.)* Du süßes Geschöpf!

Das süße Mädel.

Geh, halt mich fest, mir ist so kalt.

Der Dichter.

Es wird Zeit sein, dass du dich ankleidest. Warte, ich zünde dir noch ein paar Kerzen an.

Das süße Mädel *(erhebt sich)*.

Nicht herschauen.

Der Dichter.

Nein. *(Am Fenster)*. Sag mir, mein Kind, bist du glücklich?

Das süße Mädel.

Wie meinst das?

Der Dichter.

Ich mein' im allgemeinen, ob du glücklich bist?

Das süße Mädel.

Es könnt' schon besser gehen.

Der Dichter.

Du missverstehst mich. Von deinen häuslichen Verhältnissen hast du mir ja schon genug erzählt. Ich weiß, dass du keine Prinzessin bist. Ich mein', wenn du von alledem absiehst, wenn du dich einfach leben spürst. Spürst du dich überhaupt leben?

Das süße Mädel.

Geh, hast kein' Kamm?

Der Dichter *(geht zum Toilettetisch, gibt ihr den Kamm, betrachtet das süße Mädel).* Herrgott, siehst du so entzückend aus!

Das süße Mädel.

Na... nicht!

Der Dichter.

Geh, bleib noch da, bleib da, ich hol' was zum Nachtmahl und...

Das süße Mädel.

Aber es ist ja schon viel zu spät.

Der Dichter.

Es ist noch nicht neun.

Das süße Mädel.

Na, sei so gut, da muss ich mich aber tummeln.

Der Dichter.

Wann werden wir uns denn wiedersehen?

Das süße Mädel.

Na, wann willst mich denn wiedersehen?

Der Dichter.

Morgen.

Das süße Mädel.

Was ist denn morgen für ein Tag?

Der Dichter.

Samstag.

Das süße Mädel.

Oh, da kann ich nicht, da muss ich mit meiner kleinen Schwester zum Vormund.

Der Dichter.

Also Sonntag... hm... Sonntag... am Sonntag... Jetzt werd' ich dir was erklären. – Ich bin nicht Biebitz, aber Biebitz ist mein Freund. Ich werd' dir ihn einmal vorstellen. Aber Sonntag ist das Stück von Biebitz; ich werd' dir eine Karte schicken und werde dich dann vom Theater abholen, Du wirst mir sagen, wie dir das Stück gefallen hat; ja?

Das süße Mädel.

Jetzt, die G'schicht' mit dem Biebitz – da bin ich schon ganz blöd'.

Der Dichter.

Völlig werd' ich dich erst kennen, wenn ich weiß, was du bei diesem Stück empfunden hast.

Das süße Mädel.

So... ich bin fertig.

Der Dichter.

Komm, mein Schatz!

(Sie gehen.)

Der Dichter und die Schauspielerin

Ein Zimmer in einem Gasthof auf dem Land.
Es ist ein Frühlingsabend; über den Wiesen und Hügeln liegt der Mond; die
Fenster stehen offen.
Große Stille.
Der Dichter und die Schauspielerin treten ein; wie sie hereintreten,
verlöscht das Licht, das Der Dichter. in der Hand hält.

Dichter.
Oh...
Schauspielerin.
Was ist denn?
Dichter.
Das Licht. – Aber wir brauchen keins. Schau, es ist ganz hell. Wunderbar!
Schauspielerin *(sinkt am Fenster plötzlich nieder, mit gefalteten Händen).*
Dichter. Was hast du denn?
Schauspielerin *(schweigt).*
Dichter *(zu ihr hin).*
Was machst du denn?
Schauspielerin *(empört).*
Siehst du nicht, dass ich bete?
Dichter.
Glaubst du an Gott?
Schauspielerin.
Gewiss, ich bin ja kein blasser Schurke.
Dichter.
Ach so!
Schauspielerin.
Komm doch zu mir, knie dich neben mich hin. Kannst wirklich auch einmal
beten. Wird dir keine Perle aus der Krone fallen.
Dichter *(kniet neben sie hin und umfasst sie).*
Schauspielerin.
Wüstling! – *(Erhebt sich.)* Und weißt du auch, zu wem ich gebetet habe?
Dichter.
Zu Gott, nehm' ich an.

Schauspielerin *(Großer Hohn).*

Jawohl! Zu dir hab' ich gebetet.

Dichter.

Warum hast du denn da zum Fenster hinausgeschaut?

Schauspielerin.

Sag mir lieber, wo du mich da hingeschleppt hast, Verführer!

Dichter.

Aber Kind, das war ja deine Idee. Du wolltest ja aufs Land – und gerade hieher.

Schauspielerin.

Nun, hab' ich nicht recht gehabt?

Dichter.

Gewiss; es ist ja entzückend hier. Wenn man bedenkt, zwei Stunden von Wien – und die völlige Einsamkeit. Und was für eine Gegend!

Schauspielerin.

Was? Da könntest du wohl mancherlei dichten, wenn du zufällig Talent hättest.

Dichter.

Warst du hier schon einmal?

Schauspielerin.

Ob ich hier schon war? Ha! Hier hab' ich jahrelang gelebt!

Dichter.

Mit wem?

Schauspielerin.

Nun, mit Fritz natürlich.

Dichter.

Ach so!

Schauspielerin.

Den Mann hab' ich wohl angebetet! –

Dichter.

Das hast du mir bereits erzählt.

Schauspielerin.

Ich bitte – ich kann auch wieder gehen, wenn ich dich langweile!

Dichter.

Du mich langweilen?... Du ahnst ja gar nicht, was du für mich bedeutest... Du bist eine Welt für sich... Du bist das Göttliche, du bist das Genie... Du bist... Du bist eigentlich die heilige Einfalt... Ja, du... Aber du solltest jetzt nicht von Fritz reden.

Schauspielerin.

Das war wohl eine Verirrung! Na! –

Dichter.

Es ist schön, dass du das einsiehst.

Schauspielerin.

Komm her, gib mir einen Kuss!

Dichter *(küsst sie).*

Schauspielerin.

Jetzt wollen wir uns aber eine gute Nacht sagen! Leb wohl, mein Schatz!

Dichter.

Wie meinst du das?

Schauspielerin.

Nun, ich werde mich schlafen legen!

Dichter.

Ja – das schon, aber was das gute Nacht sagen anbelangt... Wo soll denn ich übernachten?

Schauspielerin.

Es gibt gewiss noch viele Zimmer in diesem Haus.

Dichter.

Die anderen haben aber keinen Reiz für mich. Jetzt werd' ich übrigens Licht machen, meinst du nicht?

Schauspielerin.

Ja.

Dichter *(zündet das Licht an, das auf dem Nachtkästchen steht).*

Was für ein hübsches Zimmer... und fromm sind die Leute hier. Lauter Heiligenbilder... Es wäre interessant, eine Zeit unter diesen Menschen zu verbringen... doch eine andre Welt. Wir wissen eigentlich so wenig von den andern.

Schauspielerin.

Rede keinen Stiefel und reiche mir lieber diese Tasche vom Tisch herüber.

Dichter.

Hier, meine Einzige!

Schauspielerin *(nimmt aus dem Täschchen ein kleines, gerahmtes Bildchen, stellt es auf das Nachtkästchen).*

Dichter.

Was ist das?

Schauspielerin.

Das ist die Madonna.

Dichter.

Die hast du immer mit?

Schauspielerin.

Die ist doch mein Talisman. Und jetzt geh, Robert!

Dichter.

Aber was sind das für Scherze? Soll ich dir nicht helfen?

Schauspielerin.

Nein, du sollst jetzt gehn.

Dichter.

Und wann soll ich wiederkommen?

Schauspielerin.

In zehn Minuten.

Dichter *(küsst sie).*

 Auf Wiedersehen!

Schauspielerin.

Wo willst du denn hin?

Dichter.

Ich werde vor dem Fenster auf und ab gehen. Ich liebe es sehr, nachts im Freien herumzuspazieren. Meine besten Gedanken kommen mir so. Und gar in deiner Nähe, von deiner Sehnsucht sozusagen umhaucht... in deiner Kunst webend.

Schauspielerin.

Du redest wie ein Idiot...

Dichter *(schmerzlich).*

Es gibt Frauen, welche vielleicht sagen würden... wie ein Dichter..

Schauspielerin.

Nun geh endlich. Aber fang mir kein Verhältnis mit der Kellnerin an. –

Dichter. *(geht.)*

Schauspielerin *(kleidet sich aus. Sie hört, wie Der Dichter.. über die Holztreppe hinuntergeht, und hört jetzt seine Schritte unter dem Fenster. Sie geht, sobald sie ausgekleidet ist, zum Fenster, sieht hinunter, er steht da; sie ruft flüsternd hinunter).*

Komm!

Dichter *(kommt rasch herauf; stürzt zu ihr, die sich unterdessen ins Bett gelegt und das Licht ausgelöscht hat; er sperrt ab).*

Schauspielerin.

So, jetzt kannst du dich zu mir setzen und mir was erzählen.

Dichter *(setzt sich zu ihr aufs Bett).*

Soll ich nicht das Fenster schließen? Ist dir nicht kalt?

Schauspielerin.

O nein!

Dichter.

Was soll ich dir denn erzählen?

Schauspielerin.

Nun, wem bist du in diesem Moment untreu?

Dichter.

Ich bin es ja leider noch nicht.

Schauspielerin.

Nun, tröste dich, ich betrüge auch jemanden.

Dichter.

Das kann ich mir denken.

Schauspielerin.

Und was glaubst du, wen?

Dichter.

Ja, Kind, davon kann ich keine Ahnung haben.

Schauspielerin.

Nun, rate.

Dichter.

Warte... Na, deinen Direktor.

Schauspielerin.

Mein Lieber, ich bin keine Choristin.

Dichter.

Nun, ich dachte nur.

Schauspielerin.

Rate noch einmal.

Dichter.

Also du betrügst deinen Kollegen... Benno –

Schauspielerin.

Ha! Der Mann liebt ja überhaupt keine Frauen... weißt du das nicht? Der Mann hat ja ein Verhältnis mit seinem Briefträger!

Dichter.

Ist das möglich! –

Schauspielerin.

So gib mir lieber einen Kuss!

Dichter *(umschlingt sie).*

Schauspielerin.

Aber was tust du denn?

Dichter.

So quäl mich doch nicht so.

Schauspielerin.

Höre, Robert, ich werde dir einen Vorschlag machen. Leg dich zu mir ins Bett.

Dichter.

Angenommen!

Schauspielerin.

Komm schnell, komm schnell!

Dichter.

Ja... wenn es nach mir gegangen wäre, wär' ich schon längst... Hörst du...

Schauspielerin.

Was denn?

Dichter.

Draußen zirpen die Grillen.

Schauspielerin.

Du bist wohl wahnsinnig, mein Kind, hier gibt es ja keine Grillen.

Dichter.

Aber du hörst sie doch.

Schauspielerin.

Nun, so komm, endlich!

Dichter.

Da bin ich. *(Zu ihr.)*

Schauspielerin.

So, jetzt bleib schön ruhig liegen... Pst... nicht rühren.

Dichter.

Ja, was fällt dir denn ein?

Schauspielerin.

Du möchtest wohl gerne ein Verhältnis mit mir haben?

Dichter.

Das dürfte dir doch bereits klar sein.

Schauspielerin.

Nun, das möchte wohl mancher...

Dichter.

Es ist aber doch nicht zu bezweifeln, dass in diesem Moment ich die meisten Chancen habe.

Schauspielerin.

So komm, meine Grille! Ich werde dich von nun an Grille nennen.

Dichter.

Schön...

Schauspielerin.

Nun, wen betrüg' ich?

Dichter.

Wen?... Vielleicht mich...

Schauspielerin.

Mein Kind, du bist schwer gehirnleidend.

Dichter.

Oder einen... den du selbst nie gesehen... einen, den du nicht kennst, einen – der für dich bestimmt ist und den du nie finden kannst...

Schauspielerin. Ich bitte dich, rede nicht so märchenhaft blöd.

Dichter.

... Ist es nicht sonderbar... auch du – und man sollte doch glauben. – Aber nein, es hieße dir dein Bestes rauben, wollte man dir... komm, komm – – komm –

Schauspielerin.

Das ist doch schöner, als in blödsinnigen Stücken spielen... was meinst du?

Dichter.

Nun, ich mein', es ist gut, dass du doch zuweilen in vernünftigen zu spielen hast.

Schauspielerin.

Du arroganter Hund meinst gewiss wieder das deine?

Dichter.

Jawohl!

Schauspielerin *(ernst).*

Das ist wohl ein herrliches Stück!

Dichter.

Nun also!

Schauspielerin.

Ja, du bist ein großes Genie, Robert!

Dichter.

Bei dieser Gelegenheit könntest du mir übrigens sagen, warum du vorgestern abgesagt hast. Es hat dir doch absolut gar nichts gefehlt.

Schauspielerin.

Nun, ich wollte dich ärgern.

Dichter.

Ja, warum denn? Was hab' ich dir denn getan?

Schauspielerin.

Arrogant bist du gewesen.

Dichter.

Wieso?

Schauspielerin.

Alle im Theater finden es.

Dichter.

So.

Schauspielerin.

Aber ich hab' ihnen gesagt Der Mann hat wohl ein Recht, arrogant zu sein.

Dichter.

Und was haben die anderen geantwortet?

Schauspielerin.

Was sollen mir denn die Leute antworten? Ich rede ja mit keinem.

Dichter.

Ach so.

Schauspielerin.

Sie möchten mich am liebsten alle vergiften. Aber das wird ihnen nicht gelingen.

Dichter.

Denke jetzt nicht an die anderen Menschen. Freue dich lieber, dass wir hier sind, und sage mir, dass du mich liebhast.

Schauspielerin.

Verlangst du noch weitere Beweise?

Dichter.

Bewiesen kann das überhaupt nicht werden.

Schauspielerin.

Das ist aber großartig! Was willst du denn noch?

Dichter.

Wie vielen hast du es schon auf diese Art beweisen wollen... hast du alle geliebt?

Schauspielerin.

O nein. Geliebt hab' ich nur einen.

Dichter *(umarmt sie).*

Mein...

Schauspielerin.

Fritz.

Dichter.

Ich heiße Robert. Was bin denn ich für dich, wenn du jetzt an Fritz denkst?

Schauspielerin.

Du bist eine Laune.

Dichter.

Gut, dass ich es weiß.

Schauspielerin.

Nun sag, bist du nicht stolz?

Dichter.

Ja, weshalb soll ich denn stolz sein?

Schauspielerin.

Ich denke, dass du wohl einen Grund dazu hast.

Dichter.

Ach deswegen.

Schauspielerin.

Jawohl, deswegen, meine blasse Grille! – Nun, wie ist das mit dem Zirpen? Zirpen sie noch?

Dichter.

Ununterbrochen. Hörst du's denn nicht?

Schauspielerin.

Freilich hör' ich. Aber das sind Frösche, mein Kind.

Dichter.

Du irrst dich; die quaken.

Schauspielerin.

Gewiss quaken sie.

Dichter.

Aber nicht hier, mein Kind, hier wird gezirpt.

Schauspielerin.

Du bist wohl das Eigensinnigste, was mir je untergekommen ist. Gib mir einen Kuss, mein Frosch!

Dichter.

Bitte sehr, nenn mich nicht so. Das macht mich direkt nervös.

Schauspielerin.

Nun, wie soll ich dich nennen?

Dichter.

Ich hab' doch einen Namen Robert.

Schauspielerin.

Ach, das ist zu dumm.

Dichter.

Ich bitte dich aber, mich einfach so zu nennen, wie ich heiße.

Schauspielerin.

Also Robert, gib mir einen Kuss... Ah! *(Sie küsst ihn.)* Bist du jetzt zufrieden, Frosch? Hahahaha.

Dichter.

Würdest du mir erlauben, mir eine Zigarette anzuzünden?

Schauspielerin.

Gib mir auch eine.

(Er nimmt die Zigarettentasche vom Nachtkästchen, entnimmt ihr zwei Zigaretten, zündet beide an, gibt ihr eine.)

Schauspielerin.

Du hast mir übrigens noch kein Wort über meine gestrige Leistung gesagt.

Dichter.

Über welche Leistung?

Schauspielerin.

Nun.

Dichter.

Ach so. Ich war nicht im Theater.

Schauspielerin.

Du beliebst wohl zu scherzen.

Dichter.

Durchaus nicht. Nachdem du vorgestern abgesagt hast, habe ich angenommen, dass du auch gestern noch nicht im Vollbesitze deiner Kräfte sein würdest, und da hab' ich lieber verzichtet.

Schauspielerin.

Du hast wohl viel versäumt.

Dichter.

So.

Schauspielerin.

Es war sensationell. Die Menschen sind blass geworden.

Dichter.

Hast du das deutlich bemerkt?

Schauspielerin.

Benno sagte Kind, du hast gespielt wie eine Göttin.

Dichter.

Hm!... Und vorgestern noch so krank.

Schauspielerin.

Jawohl; ich war es auch. Und weißt du warum? Vor Sehnsucht nach dir.

Dichter.

Früher hast du mir erzählt, du wolltest mich ärgern, und hast darum abgesagt.

Schauspielerin.

Aber was weißt du von meiner Liebe zu dir. Dich lässt das ja alles kalt. Und ich bin schon nächtelang im Fieber gelegen. Vierzig Grad!

Dichter.

Für eine Laune ist das ziemlich hoch.

Schauspielerin.

Laune nennst du das? Ich sterbe vor Liebe zu dir, und du nennst es Laune –?!

Dichter.

Und Fritz...?

Schauspielerin.

Fritz?... Rede mir nicht von diesem Galeerensträfling! –

Die Schauspielerin. und der Graf

Das Schlafzimmer der Schauspielerin.. Sehr üppig eingerichtet. Es ist zwölf Uhr mittags; die Rouleaux sind noch heruntergelassen; auf dem Nachtkästchen brennt eine Kerze, die Schauspielerin liegt noch in ihrem Himmelbett. Auf der Decke liegen zahlreiche Zeitungen.
Der Graf tritt ein in der Uniform eines Dragonerrittmeisters. Er bleibt an der Tür stehen. –

Schauspielerin.
Ah, Herr Graf.

Graf.
Die Frau Mama hat mir erlaubt, sonst wär' ich nicht –

Schauspielerin.
Bitte, treten Sie nur näher.

Graf. Küss' die Hand. Pardon – wenn man von der Straßen hereinkommt... ich seh' nämlich noch rein gar nichts. So... da wären wir ja. (Am Bett). Küss' die Hand.

Schauspielerin.
Nehmen Sie Platz, Herr Graf.

Graf.
Frau Mama sagte mir, Fräulein sind unpässlich... Wird doch hoffentlich nichts Ernstes sein.

Schauspielerin.
Nichts Ernstes? Ich bin dem Tode nahe gewesen!

Graf.
– Um Gottes willen, wie ist denn das möglich?

Schauspielerin.
Es ist jedenfalls sehr freundlich, dass Sie sich zu mir bemühen.

Graf.
Dem Tode nahe! Und gestern abend haben Sie noch gespielt wie eine Göttin.

Schauspielerin.
Es war wohl ein großer Triumph.

Graf.
Kolossal!... Die Leute waren auch alle hingerissen. Und von mir will ich gar

nicht reden.

Schauspielerin.

Ich danke für die schönen Blumen.

Graf.

Aber bitt' Sie, Fräulein.

Schauspielerin *(mit den Augen auf einen großen Blumenkorb weisend, der auf einem kleinen Tischchen am Fenster steht).*

Hier stehen sie.

Graf.

Sie sind gestern förmlich überschüttet worden mit Blumen und Kränzen.

Schauspielerin.

Das liegt noch alles in meiner Garderobe. Nur Ihren Korb habe ich mit nach Hause gebracht.

Graf *(küsst ihr die Hand).*

Das ist lieb von Ihnen.

Schauspielerin *(nimmt die seine plötzlich und küsst sie).*

Graf.

Aber Fräulein.

Schauspielerin.

Erschrecken Sie nicht, Herr Graf., das verpflichtet Sie zu gar nichts.

Graf.

Sie sind ein sonderbares Wesen... rätselhaft könnte man fast sagen. – *(Pause.)*

Schauspielerin.

Das Fräulein Birken ist wohl leichter aufzulösen.

Graf.

Ja, die kleine Birken ist kein Problem, obzwar... ich kenne sie ja auch nur oberflächlich.

Schauspielerin.

Ha!

Graf.

Sie können mir's glauben. Aber Sie sind ein Problem. Danach hab' ich immer Sehnsucht gehabt. Es ist mir eigentlich ein großer Genuss entgangen, dadurch, dass ich Sie gestern... das erste Mal spielen gesehen habe.

Schauspielerin. Ist das möglich?

Graf.

Ja. Schauen Sie, Fräulein, es ist so schwer mit dem Theater. Ich bin gewöhnt, spät zu dinieren... also wenn man dann hinkommt, ist's Beste vorbei. Ist's nicht wahr?

Schauspielerin.

So werden Sie eben von jetzt an früher essen.

Graf.

Ja, ich hab' auch schon daran gedacht. Oder gar nicht. Es ist ja wirklich kein Vergnügen, das Dinieren.

Schauspielerin.

Was kennen Sie jugendlicher Greis eigentlich noch für ein Vergnügen?

Graf.

Das frag' ich mich selber manchmal! Aber ein Greis bin ich nicht. Es muss einen anderen Grund haben.

Schauspielerin.

Glauben Sie?

Graf.

Ja. Der Lulu sagt beispielsweise, ich bin ein Philosoph. Wissen Sie, Fräulein, er meint, ich denk' zu viel nach.

Schauspielerin.

Ja... denken, das ist das Unglück.

Graf.

Ich hab' zuviel Zeit, drum denk' ich nach. Bitt' Sie, Fräulein, schauen S', ich hab' mir gedacht, wenn s' mich nach Wien transferieren, wird's besser. Da gibt's Zerstreuung, Anregung. Aber es ist im Grund doch nicht anders als da oben.

Schauspielerin.

Wo ist denn das da oben?

Graf.

Na, da unten, wissen S', Fräulein, in Ungarn, in die Nester, wo ich meistens in Garnison war.

Schauspielerin.

Ja, was haben Sie denn in Ungarn gemacht?

Graf.

Na, wie ich sag', Fräulein, Dienst.

Schauspielerin.

Ja, warum sind Sie denn so lang in Ungarn geblieben?

Graf.

Ja, das kommt so.

Schauspielerin.

Da muss man ja wahnsinnig werden.

Graf.

Warum denn? Zu tun hat man eigentlich mehr wie da. Wissen S', Fräulein, Rekruten ausbilden, Remonten reiten... und dann ist's nicht so arg mit der Gegend, wie man sagt. Es ist schon ganz was Schönes, die Tiefebene – und so ein Sonnenuntergang, es ist schade, dass ich kein Maler bin, ich hab' mir manchmal gedacht, wenn ich ein Maler wär', tät' ich's malen. Einen haben wir gehabt beim Regiment, einen jungen Splany, der hat's können. – Aber was erzähl' ich Ihnen da für fade G'schichten, Fräulein.

Schauspielerin.

O bitte, ich amüsiere mich königlich.

Graf.

Wissen S', Fräulein, mit Ihnen kann man plaudern, das hat mir der Lulu schon g'sagt, und das ist's, was man selten find't.

Schauspielerin.

Nun freilich, in Ungarn.

Graf. Aber in Wien grad so! Die Menschen sind überall dieselben; da wo mehr sind, ist halt das Gedräng' größer, das ist der ganze Unterschied. Sagen S', Fräulein, haben Sie die Menschen eigentlich gern?

Schauspielerin. Gern – ?? Ich hasse sie! Ich kann keine sehn! Ich seh' auch nie jemanden. Ich bin immer allein, dieses Haus betritt niemand.

Graf.

Sehn S', das hab' ich mir gedacht, dass Sie eigentlich eine Menschenfeindin sind. Bei der Kunst muss das oft vorkommen. Wenn man so in den höheren Regionen... na, Sie haben 's gut, Sie wissen doch wenigstens, warum Sie leben!

Schauspielerin.

Wer sagt Ihnen das? Ich habe keine Ahnung, wozu ich lebe!

Graf.

Ich bitt' Sie, Fräulein – berühmt – gefeiert –

Schauspielerin.

Ist das vielleicht ein Glück?

Graf.

Glück? Bitt' Sie, Fräulein, Glück gibt's nicht. Überhaupt gerade die Sachen, von denen am meisten g'red't wird, gibt's nicht... z. B. Liebe. Das ist auch so was.

Schauspielerin.

Da haben Sie wohl recht.

Graf.

Genuss... Rausch... also gut, da lässt sich nichts sagen... das ist was Sicheres. Jetzt genieße ich... gut, weiß ich, ich genieß'. Oder ich bin berauscht, schön. Das ist auch sicher, Und ist's vorbei, so ist es halt vorbei.

Schauspielerin *(groß)*.

Es ist vorbei!

Graf.

Aber sobald man sich nicht, wie soll ich mich denn ausdrücken, sobald man sich nicht dem Moment hingibt, also an später denkt oder an früher... na, ist es doch gleich aus. Später... ist traurig... früher ist ungewiss... mit einem Wort... man wird nur konfus. Hab' ich nicht recht?

Schauspielerin *(nickt mit großen Augen)*.

Sie haben wohl den Sinn erfasst.

Graf.

Und sehen S', Fräulein, wenn einem das einmal klar geworden ist, ist's ganz egal, ob man in Wien lebt oder in der Pussta oder in Steinamanger. Schaun S' zum Beispiel... wo darf ich denn die Kappen hinlegen? So, ich dank' schön.., wovon haben wir denn nur gesprochen?

Schauspielerin.

Von Steinamanger.

Graf.

Richtig. Also wie ich sag', der Unterschied ist nicht groß. Ob ich am Abend im Kasino sitz' oder im Klub, ist doch alles eins.

Schauspielerin.

Und wie verhält sich denn das mit der Liebe?

Graf.

Wenn man dran glaubt, ist immer eine da, die einen gern hat.

Schauspielerin.

Zum Beispiel das Fräulein Birken.

Graf.

Ich weiß wirklich nicht, Fräulein, warum Sie immer auf die kleine Birken zu reden kommen.

Schauspielerin.

Das ist doch Ihre Geliebte.

Graf.

Wer sagt denn das?

Schauspielerin.

Jeder Mensch weiß das.

Graf.

Nur ich nicht, es ist merkwürdig.

Schauspielerin.

Sie haben doch ihretwegen ein Duell gehabt!

Graf.

Vielleicht bin ich sogar totgeschossen worden und hab's gar nicht bemerkt.

Schauspielerin.

Nun, Herr Graf, Sie sind ein Ehrenmann. Setzen Sie sich näher.

Graf.

Bin so frei.

Schauspielerin.

Hierher. *(Sie zieht ihn an sich, fährt ihm mit der Hand durch die Haare).* Ich hab' gewusst, dass Sie heute kommen werden!

Graf.

Wieso denn?

Schauspielerin.

Ich hab' es bereits gestern im Theater gewusst.

Graf.

Haben Sie mich denn von der Bühne aus gesehen?

Schauspielerin.

Aber Mann! Haben Sie denn nicht bemerkt, dass ich nur für Sie spiele?

Graf.

Wie ist das denn möglich?

Schauspielerin.

Ich bin ja so geflogen, wie ich Sie in der ersten Reihe sitzen sah!

Graf.

Geflogen? Meinetwegen? Ich hab' keine Ahnung gehabt, dass Sie mich bemerken!

Schauspielerin.

Sie können einen auch mit Ihrer Vornehmheit zur Verzweiflung bringen.

Graf.

Ja, Fräulein...

Schauspielerin.

«Ja, Fräulein»!... So schnallen Sie doch wenigstens Ihren Säbel ab!

Graf.

Wenn es erlaubt ist. *(Schnallt ihn ab, lehnt ihn ans Bett).*

Schauspielerin.

Und gib mir endlich einen Kuss.

Graf *(küsst sie, sie lässt ihn nicht los).*

Schauspielerin.

Dich hätte ich auch lieber nie erblicken sollen.

Graf.

Es ist doch besser so –

Schauspielerin.

Herr Graf, Sie sind ein Poseur!

Graf.

Ich – warum denn?

Schauspielerin.

Was glauben Sie, wie glücklich wär' mancher, wenn er an Ihrer Stelle sein dürfte!

Graf.

Ich bin sehr glücklich.

Schauspielerin.

Nun, ich dachte, es gibt kein Glück. Wie schaust du mich denn an? Ich glaube, Sie haben Angst vor mir, Herr Graf!

Graf.

Ich sag's ja, Fräulein, Sie sind ein Problem.

Schauspielerin.

Ach, lass du mich in Frieden mit der Philosophie... komm zu mir. Und jetzt bitt' mich um irgendwas... du kannst alles haben, was du willst. Du bist zu schön.

Graf.

Also, ich bitte um die Erlaubnis, *(Ihre.)* Hand küssend dass ich heute abends wiederkommen darf.

Schauspielerin.

Heut abend... ich spiele ja.

Graf.

Nach dem Theater.

Schauspielerin.

Um was anderes bittest du nicht?

Graf.

Um alles andere werde ich nach dem Theater bitten.

Schauspielerin *(verletzt)*.

Da kannst du lange bitten, du elender Poseur.

Graf.

Ja, schauen Sie, oder schau, wir sind doch bis jetzt so aufrichtig miteinander gewesen... Ich fände das alles viel schöner am Abend nach dem Theater... gemütlicher als jetzt, wo... ich hab' immer so die Empfindung, als könnte die Tür aufgehn...

Schauspielerin.

Die geht nicht von außen auf.

Graf.

Schau, ich find', man soll sich nicht leichtsinnig von vornherein was verderben, was möglicherweise sehr schön sein könnte.

Schauspielerin.

Möglicherweise!...

Graf.

In der Früh, wenn ich die Wahrheit sagen soll, find' ich die Liebe gräßlich.

Schauspielerin.

Nun – du bist wohl das Irrsinnigste, was mir je vorgekommen ist!

Graf.

Ich red' ja nicht von beliebigen Frauenzimmern... schließlich im allgemeinen ist's ja egal. Aber Frauen wie du... nein, du kannst mich hundertmal einen Narren heißen. Aber Frauen wie du... nimmt man nicht vor dem Frühstück zu sich. Und so... weißt... so...

Schauspielerin.

Gott, was bist du süß!

Graf.

Siehst du das ein, was ich g'sagt hab', nicht wahr. Ich stell' mir das so vor –

Schauspielerin.

Nun, wie stellst du dir das vor?

Graf.

Ich denk' mir... ich wart' nach dem Theater auf dich in ein' Wagen, dann
fahren wir zusammen also irgendwohin soupieren –

Schauspielerin.

Ich bin nicht das Fräulein Birken.

Graf.

Das hab' ich ja nicht gesagt. Ich find' nur, zu allem g'hört Stimmung. Ich
komm' immer erst beim Souper in Stimmung. Das ist dann das Schönste,
wenn man so vom Souper zusamm' nach Haus fahrt, dann...

Schauspielerin.

Was ist dann?

Graf.

Also dann... liegt das in der Entwicklung der Dinge.

Schauspielerin.

Setz dich doch näher. Näher.

Graf *(sich aufs Bett setzend).*

Ich muss schon sagen, aus den Polstern kommt so ein... Reseda ist das –
nicht?

Schauspielerin.

Es ist sehr heiß hier, findest du nicht?

Graf *(neigt sich und küsst ihren Hals).*

Schauspielerin.

Oh, Herr Graf, das ist ja gegen Ihr Programm.

Graf.

Wer sagt denn das? Ich hab' kein Programm.

Schauspielerin *(zieht ihn an sich).*

Graf.

Es ist wirklich heiß.

Schauspielerin.

Findest du? Und so dunkel, wie wenn's Abend wär'... Reißt ihn an sich Es ist
Abend... es ist Nacht... Mach die Augen zu, wenn's dir zu licht ist. Komm!...
Komm!...

Graf *(wehrt sich nicht mehr).*

Schauspielerin.

Nun, wie ist das jetzt mit der Stimmung, du Poseur?

Graf.

Du bist ein kleiner Teufel.

Schauspielerin.

Was ist das für ein Ausdruck?

Graf.

Na, also ein Engel.

Schauspielerin.

Und du hättest Schauspieler werden sollen! Wahrhaftig! Du kennst die Frauen! Und weißt du, was ich jetzt tun werde?

Graf.

Nun?

Schauspielerin.

Ich werde dir sagen, dass ich dich nie wiedersehen will.

Graf.

Warum denn?

Schauspielerin.

Nein, nein. Du bist mir zu gefährlich! Du machst ja ein Weib toll. Jetzt stehst du plötzlich vor mir, als wär' nichts geschehn.

Graf.

Aber...

Schauspielerin.

Ich bitte sich zu erinnern, Herr Graf., ich bin soeben Ihre Geliebte gewesen.

Graf.

Ich werd's nie vergessen!

Schauspielerin.

Und wie ist das mit heute abend?

Graf.

Wie meinst du das?

Schauspielerin.

Nun – du wolltest mich ja nach dem Theater erwarten?

Graf.

Ja, also gut, zum Beispiel übermorgen.

Schauspielerin.

Was heißt das, übermorgen? Es war doch von heute die Rede.

Graf.

Das hätte keinen rechten Sinn.

Schauspielerin.

Du Greis!

Graf.

Du verstehst mich nicht recht. Ich mein' das mehr, was, wie soll ich mich ausdrücken, was die Seele anbelangt.

Schauspielerin.

Was geht mich deine Seele an?

Graf.

Glaub mir, sie gehört mit dazu. Ich halte das für eine falsche Ansicht, dass man das so voneinander trennen kann.

Schauspielerin.

Lass mich mit deiner Philosophie in Frieden. Wenn ich das haben will, lese ich Bücher.

Graf.

Aus Büchern lernt man ja doch nie.

Schauspielerin.

Das ist wohl wahr! Drum sollst du mich heut abend erwarten. Wegen der Seele werden wir uns schon einigen, du Schurke!

Graf.

Also wenn du erlaubst, so werde ich mit meinem Wagen...

Schauspielerin.

Hier in meiner Wohnung wirst du mich erwarten –

Graf.

... Nach dem Theater.

Schauspielerin.

Natürlich.

(*Er schnallt den Säbel um.*)

Schauspielerin.

Was machst du denn da?

Graf.

Ich denke, es ist Zeit, dass ich geh'. Für einen Anstandsbesuch bin ich doch eigentlich schon ein bissel lang geblieben.

Schauspielerin.

Nun, heut abend soll es kein Anstandsbesuch werden.

Graf.

Glaubst du?

Schauspielerin.

Dafür lass nur mich sorgen. Und jetzt gib mir noch einen Kuss, mein kleiner Philosoph. So, du Verführer, du... süßes Kind, du Seelenverkäufer, du Iltis... du... *(Nachdem sie ihn ein paarmal heftig geküsst, stößt sie ihn heftig von sich.)* Herr Graf, es war mir eine große Ehre!

Graf.

Ich küss' die Hand, Fräulein! *(Bei der Tür.)* Auf Wiederschaun.

Schauspielerin.

Adieu, Steinamanger!

Der Graf und die Dirne

Morgen, gegen sechs Uhr.
Ein ärmliches Zimmer; einfenstrig, die gelblich-schmutzigen Rouletten
sind heruntergelassen. Verschlissene grünliche Vorhänge. Eine Kommode,
auf der ein paar Photographien stehen und ein auffallend geschmackloser,
billiger Damenhut liegt. Hinter dem Spiegel billige japanische Fächer.
Auf dem Tisch, der mit einem rötlichen Schutztuch überzogen ist, steht
eine Petroleumlampe, die schwach brenzlich brennt; papierener, gelber
Lampenschirm, daneben ein Krug, in dem ein Rest von Bier ist, und ein
halb geleertes Glas. Auf dem Boden neben dem Bett liegen unordentlich
Frauenkleider, als wenn sie eben rasch abgeworfen worden wären. Im
Bett liegt schlafend die Dirne; sie atmet ruhig. – Auf dem Diwan, völlig
angekleidet, liegt der Graf, im Drapp-Überzieher; der Hut liegt zu Häupten
des Diwans auf dem Boden.

Graf *(bewegt sich, reibt die Augen, erhebt sich rasch, bleibt sitzen, schaut*
um sich).
Ja, wie bin ich denn... Ah so... Also bin ich richtig mit dem Frauenzimmer
nach Haus... *(Er steht rasch auf, sieht ihr Bett.)* Da liegt s' ja... Was einem
noch alles in meinem Alter passieren kann. Ich hab' keine Idee, haben
s' mich da heraufgetragen? Nein... ich hab' ja gesehn – ich komm in das
Zimmer... ja... da bin ich noch wach gewesen oder wach 'worden... oder...
oder ist vielleicht nur, dass mich das Zimmer an was erinnert?... Meiner
Seel', na ja... gestern hab' ich's halt g'sehn... *(sieht auf die Uhr)* was! gestern,
vor ein paar Stunden – Aber ich hab's g'wusst, dass was passieren muss...
ich hab's g'spürt... wie ich ang'fangen hab' zu trinken gestern, hab' ich's
g'spürt, dass... Und was ist denn passiert?... Also nichts... Oder ist was...?
Meiner Seel... seit... also seit zehn Jahren ist mir so was nicht vorkommen,
dass ich nicht weiß... Also kurz und gut, ich war halt b'soffen. Wenn ich nur
wüsst', von wann an... Also, das weiß ich noch ganz genau, wie ich in das
Hurenkaffeehaus hinein bin mit dem Lulu und... nein, nein... vom Sacher
sind wir ja noch weg'gangen... und dann auf dem Weg ist schon... ja richtig,
ich bin ja in meinem Wagen g'fahren mit'm Lulu... Was zerbrich ich mir
denn viel den Kopf. Ist ja egal. Schaun wir, dass wir weiterkommen. *(Steht*
auf. Die Lampe wackelt.) Oh! *(Sieht auf die Schlafende.)* Die hat halt einen

g'sunden Schlaf. Ich weiß zwar von gar nix – aber ich werd' ihr 's Geld aufs Nachtkastel legen... und Servus... *(Er steht vor ihr, sieht sie lange an.)* Wenn man nicht wüsst', was sie ist! *(Betrachtet sie lang.)* Ich hab' viel 'kennt, die haben nicht einmal im Schlafen so tugendhaft ausg'sehn. Meiner Seel'... also der Lulu möcht' wieder sagen, ich philosophier', aber es ist wahr, der Schlaf macht auch schon gleich, kommt mir vor; – wie der Herr Bruder, also der Tod... Hm, ich möcht' nur wissen, ob... Nein, daran müsst' ich mich ja erinnern... Nein, nein, ich bin gleich da auf den Diwan herg'fallen und nichts is g'schehn... Es ist unglaublich, wie sich manchmal alle Weiber ähnlich schauen... Na gehn wir. *(Er will gehen.)* Ja richtig. *(Er nimmt die Brieftasche und ist eben daran eine Banknote herauszunehmen.)*

Dirne *(wacht auf).*

Na... wer ist denn in aller Früh –? *(Erkennt ihn.)* Servus Bubi!

Graf.

Guten Morgen. Hast gut g'schlafen?

Dirne *(reckt sich).*

Ah, komm her. Pussi geben.

Graf *(beugt sich zu ihr herab, besinnt sich, wieder fort).*

Ich hab' grad fortgehen wollen...

Dirne.

Fortgehn?

Graf.

Es ist wirklich die höchste Zeit.

Dirne.

So willst du fortgehn?

Graf *(fast verlegen).*

So...

Dirne.

Na, Servus; kommst halt ein anderes Mal.

Graf.

Ja, grüß' dich Gott. Na, willst nicht das Handerl geben?

Dirne *(gibt die Hand aus der Decke hervor).*

Graf *(nimmt die Hand und küsst sie mechanisch, bemerkt es, lacht).*

Wie einer Prinzessin. Übrigens, wenn man nur...

Dirne.

Was schaust mich denn so an?

Graf.

Wenn man nur das Kopferl sieht, wie jetzt... beim Aufwachen sieht doch eine jede unschuldig aus... meiner Seel', alles mögliche könnt' man sich einbilden, wenn's nicht so nach Petroleum stinken möcht'...

Dirne.

Ja, mit der Lampen ist immer ein G'frett.

Graf.

Wie alt bist denn eigentlich?

Dirne.

Na, was glaubst?

Graf.

Vierundzwanzig.

Dirne.

Ja freilich.

Graf.

Bist schon älter?

Dirne.

Ins zwanzigste geh' i.

Graf.

Und wie lang bist du schon...

Dirne.

Bei dem G'schäft bin i ein Jahr!

Graf.

Da hast du aber früh ang'fangen.

Dirne.

Besser zu früh als zu spät.

Graf *(setzt sich aufs Bett).*

Sag mir einmal, bist du eigentlich glücklich?

Dirne.

Was?

Graf.

Also ich mein', geht's dir gut?

Dirne.

Oh, mir geht's alleweil gut.

Graf.

So... Sag, ist dir noch nie eing'fallen, dass du was anderes werden könntest?

Dirne.

Was soll i denn werden?

Graf.

Also... Du bist doch wirklich ein hübsches Mädel. Du könntest doch z. B. einen Geliebten haben.

Dirne. Meinst vielleicht, ich hab' kein?

Graf.

Ja, das weiß ich – ich mein' aber einen, weißt einen, der dich aushalt, dass du nicht mit einem jeden zu gehn brauchst.

Dirne.

I geh' auch nicht mit ein' jeden. Gott sei Dank, das hab' i net notwendig, ich such' mir s' schon aus.

Graf *(sieht sich im Zimmer um)*.

Dirne *(bemerkt das)*.

Im nächsten Monat ziehn wir in die Stadt, in die Spiegelgasse.

Graf.

Wir? Wer denn?

Dirne.

Na, die Frau, und die paar anderen Mädeln, die noch da wohnen.

Graf.

Da wohnen noch solche –

Dirne.

Da daneben... hörst net... das ist die Milli, die auch im Kaffeehaus g'wesen ist.

Graf.

Da schnarcht wer.

Dirne.

Das ist schon die Milli, die schnarcht jetzt weiter 'n ganzen Tag bis um zehn auf d' Nacht. Dann steht s' auf und geht ins Kaffeehaus.

Graf.

Das ist doch ein schauderhaftes Leben.

Dirne.

Freilich. Die Frau gift' sich auch genug. Ich bin schon um zwölfe Mittag immer auf der Gassen.

Graf.

Was machst denn um zwölf auf der Gassen?

Dirne.

Was werd' ich denn machen? Auf den Strich geh' ich halt.

Graf.

Ah so... natürlich... *(steht auf, nimmt die Brieftasche heraus, legt ihr eine Banknote auf das Nachtkastel.)* Adieu!

Dirne.

Gehst schon... Servus... Komm bald wieder. *(Legt sich auf die Seite.)*

Graf *(bleibt wieder stehen).*

Du, sag einmal, dir ist schon alles egal – was?

Dirne.

Was?

Graf.

Ich mein', dir macht's gar keine Freud' mehr.

Dirne *(gähnt).*

Ein' Schlaf hab' ich.

Graf.

Dir ist alles eins, ob einer jung ist oder alt, oder ob einer...

Dirne.

Was fragst denn?

Graf.

... Also *(plötzlich auf etwas kommend)* meiner Seel', jetzt weiß ich, an wen du mich erinnerst, das ist...

Dirne.

Schau i wem gleich?

Graf.

Unglaublich, unglaublich, jetzt bitt' ich dich aber sehr, red gar nichts, eine Minute wenigstens... *(schaut sie an)* ganz dasselbe G'sicht, ganz dasselbe G'sicht. *(Er küsst sie plötzlich auf die Augen.)*

Dirne.

Na...

Graf.

Meiner Seel', es ist schad', dass du... nichts andres bist... Du könnt'st a dein Glück machen!

Dirne.

Du bist grad wie der Franz.

Graf.

Wer ist Franz?

Dirne.

Na, der Kellner von unserm Kaffeehaus...

Graf.

Wieso bin ich grad so wie der Franz?

Dirne.

Der sagt auch alleweil, ich könnt' mein Glück machen, und ich soll ihn heiraten.

Graf.

Warum tust du's nicht?

Dirne.

Ich dank' schön... ich möcht' nicht heiraten, nein, um keinen Preis. Später einmal vielleicht.

Graf.

Die Augen... ganz die Augen... Der Lulu möcht' sicher sagen, ich bin ein Narr – aber ich will dir noch einmal die Augen küssen... so... und jetzt grüß' dich Gott, jetzt geh' ich.

Dirne.

Servus...

Graf *(bei der Tür).*

Du... sag... wundert dich das gar nicht...

Dirne.

Was denn?

Graf.

Dass ich nichts von dir will.

Dirne.

Es gibt viel Männer, die in der Früh nicht aufgelegt sind.

Graf.

Na ja... *(Für sich.)* Zu dumm, dass ich will, sie soll sich wundern... Also Servus... *(Er ist bei der Tür.)* Eigentlich ärger' ich mich. Ich weiß doch, dass es solchen Frauenzimmern nur aufs Geld ankommt... was sag' ich – solchen... es ist schön... dass sie sich wenigstens nicht verstellt, das sollte einen eher freuen... Du – weißt, ich komm nächstens wieder zu dir.

Dirne *(mit geschlossenen Augen.)*

Gut.

Graf.

Wann bist du immer zu Haus?

Dirne.

Ich bin immer zu Haus. Brauchst nur nach der Leocadia zu fragen.

Graf.

Leocadia... Schön – Also grüß' dich Gott. *(Bei der Tür.)* Ich hab' doch noch immer den Wein im Kopf. Also das ist doch das Höchste... ich bin bei so einer und hab' nichts getan, als ihr die Augen geküsst, weil sie mich an wen erinnert hat... *(Wendet sich zu ihr.)* Du, Leocadie, passiert dir das öfter, dass man so weggeht von dir?

Dirne.

Wie denn?

Graf.

So wie ich?

Dirne.

In der Früh?

Graf.

Nein... ob schon manchmal wer bei dir war – und nichts von dir wollen hat?

Dirne.

Nein, das ist mir noch nie g'schehn.

Graf.

Also, was meinst denn? Glaubst, du g'fallst mir nicht?

Dirne.

Warum soll ich dir denn nicht g'fallen? Bei der Nacht hab' ich dir schon g'fallen.

Graf.

Du g'fallst mir auch jetzt.

Dirne.

Aber bei der Nacht hab' ich dir besser g'fallen.

Graf.

Warum glaubst du das?

Dirne.

Na, was fragst denn so dumm?

Graf.

Bei der Nacht... Ja, sag, bin ich denn nicht gleich am Diwan hing'fallen?

Dirne.

Na freilich... mit mir zusammen.

Graf.

Mit dir?

Dirne.

Ja, weißt denn du das nimmer?

Graf.

Ich hab'... wir sind zusammen... ja...

Dirne.

Aber gleich bist eing'schlafen.

Graf.

Gleich bin ich... So... Also so war das!...

Dirne.

Ja, Bubi. Du musst aber ein' ordentlichen Rausch g'habt haben, dass dich nimmer erinnerst.

Graf.

So... – Und doch... es ist eine entfernte Ähnlichkeit... Servus... *(Lauscht.)* Was ist denn los?

Dirne.

Das Stubenmäd'l ist schon auf. Geh, gib ihr was beim Hinausgehn. Das Tor ist auch offen, ersparst den Hausmeister.

Graf.

Ja. *(Im Vorzimmer.)* Also... Es wär' doch schön gewesen, wenn ich sie nur auf die Augen geküsst hätt'. Das wäre beinahe ein Abenteuer gewesen... Es war mir halt nicht bestimmt. *(Das Stubenmädel steht da, öffnet die Tür.)* Ah – da haben S'... Gute Nacht. –

Stubenmädchen.

Guten Morgen.

Graf.

Ja freilich... guten Morgen... guten Morgen.